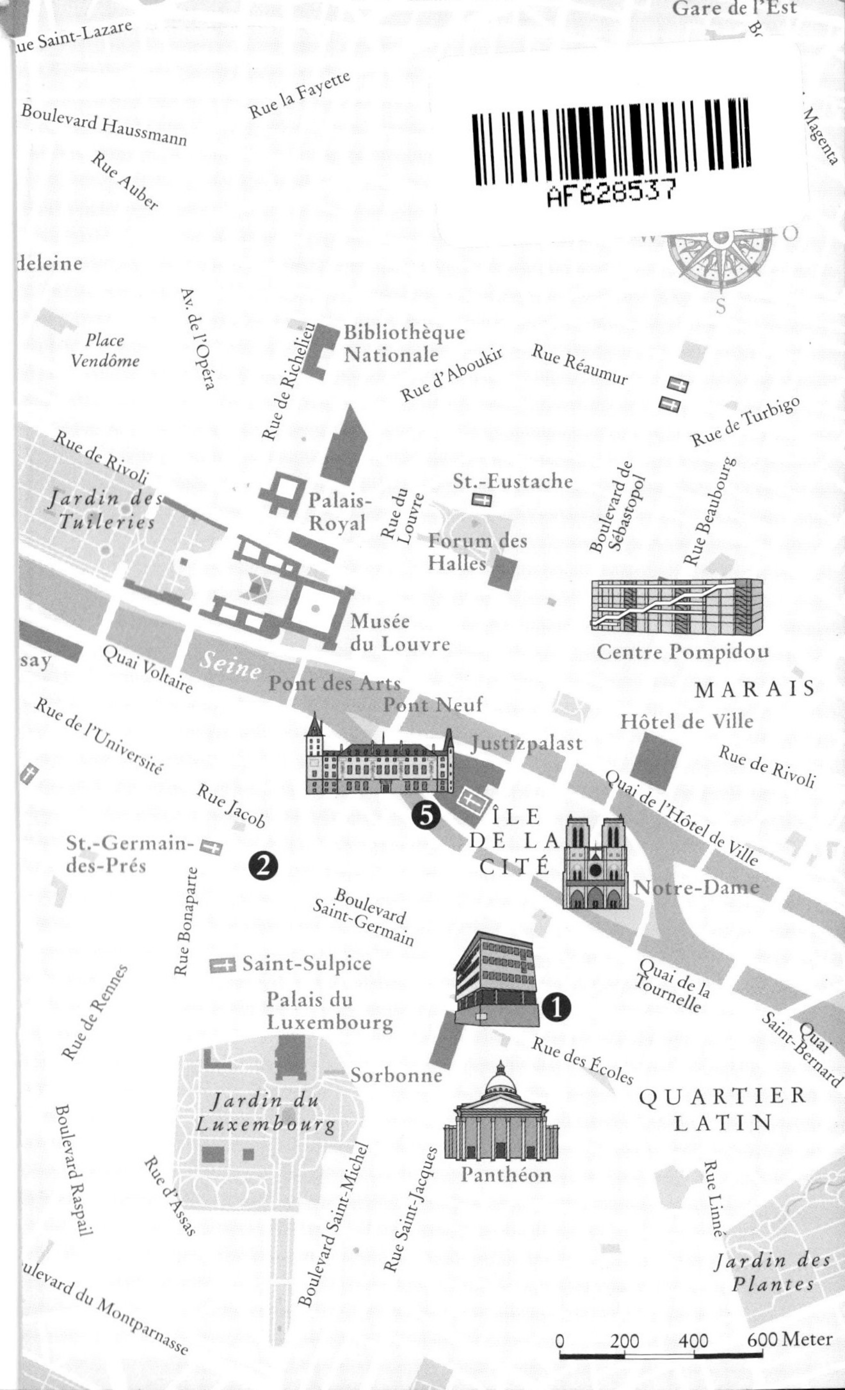
Gare de l'Est
Rue Saint-Lazare
Rue la Fayette
Boulevard Haussmann
Magenta
Rue Auber
Madeleine
O
S
Place
Vendôme
Av. de l'Opéra
Rue de Richelieu
Bibliothèque
Nationale
Rue d'Aboukir
Rue Réaumur
Rue de Turbigo
Rue de Rivoli
Jardin des
Tuileries
Palais-
Royal
Rue du
Louvre
St.-Eustache
Boulevard de
Sébastopol
Rue Beaubourg
Forum des
Halles
Musée
du Louvre
Centre Pompidou
Orsay
Quai Voltaire
Seine
Pont des Arts
Pont Neuf
MARAIS
Rue de l'Université
Justizpalast
Hôtel de Ville
Rue de Rivoli
Rue Jacob
5
ÎLE
DE LA
CITÉ
Quai de l'Hôtel de Ville
St.-Germain-
des-Prés
2
Notre-Dame
Boulevard
Saint-Germain
Rue Bonaparte
Saint-Sulpice
Quai de la
Tournelle
Palais du
Luxembourg
1
Quai
Saint-Bernard
Rue de Rennes
Rue des Écoles
Sorbonne
QUARTIER
LATIN
Jardin du
Luxembourg
Boulevard Raspail
Rue d'Assas
Boulevard Saint-Michel
Rue Saint-Jacques
Panthéon
Rue Linné
Jardin des
Plantes
Boulevard du Montparnasse
0 200 400 600 Meter

ALEX LÉPIC

LACROIX UND DER TRAURIGE CHAMPION VON ROLAND-GARROS

SEIN SECHSTER FALL

ROMAN

KAMPA

Wenn Sie zweimal jährlich über unsere Neuerscheinungen informiert werden möchten, schreiben Sie uns bitte an:
newsletter@kampaverlag.ch oder
Kampa Verlag, Hegibachstr. 2, 8032 Zürich, Schweiz

DIE GRÜNE SEITE DER KAMPA RED EYES
Gedruckt auf säurefreiem und chlorfrei gebleichtem Papier zur Unterstützung verantwortungsvoller Waldnutzung, zertifiziert durch das Forest Stewardship Council.

Veröffentlicht als Kampa Red Eye

Covergestaltung: Lara Flues, Kampa Verlag
Coverillustration: Bobby Evans / Telegramme Paper Co., London © Kampa Verlag
Satz: Tristan Walkhoefer, Leipzig
Karte auf Vor- und Nachsatz: Peter Palm, Berlin
Gesetzt aus der Stempel Garamond LT / 230180
Druck und Bindung: Livonia Print, Riga
Auch als E-Book erhältlich
ISBN 978 3 311 12568 6

www.kampaverlag.ch

Auf dem Präsentierteller

I

Lacroix mochte es sehr, wenn in Paris ein neuer Tag anbrach. Die Stadt hatte dann ihre ganz eigenen Geräusche. Das Klappern der Rollläden vor dem Fenster, wenn die Rue Cler zu neuem Leben erwachte. Das Kratzen der Mülleimer auf dem Asphalt und das Klappern der Deckel, wenn die Propreté de Paris unterwegs war: immer montags und freitags und immer um sechs Uhr fünfzig. Er brauchte keinen Wecker an diesen Tagen, denn die Müllmänner waren pünktlicher als ein Schweizer Uhrwerk. Das leise Gespräch des Käseverkäufers mit der Besitzerin des Blumenladens: Die Lacroix' hatten eine Wette laufen, wann sich die zwei endlich ihre Liebe gestehen würden. Die Wette lief seit mindestens zwölf Jahren, und die beiden Händler waren inzwischen weit jenseits der sechzig – es wurde Zeit.

Kurzum: Lacroix liebte es, den frühen Morgen zu spüren, wenn Paris noch unberührt, so leer und so verschlafen war und die Seite, auf der die Geschichte dieses Tages stehen würde, noch blütenweiß.

Heute aber wollte es ihm nicht gelingen, aus dem Bett zu kommen, und so trat Madame Lacroix um kurz vor acht Uhr wieder ins Schlafzimmer. Sie war bereits vollständig angekleidet und sah besorgt zu ihm herunter, der, im Bett liegend, das Gesicht mit der Hand abschirmte.

»Ist dir nicht wohl, *mon cher*?«, fragte sie. »Muss ich mir Sorgen machen?«

Lacroix stützte sich mit dem Arm auf und sah sie freundlich an. Er wollte nicht, dass sie erriet, was er dachte. Aber er brauchte sich keinen Illusionen hinzugeben: Sie hatte wohl schon gewusst, dass etwas mit ihm war, als er es noch nicht einmal geahnt hatte. Sie setzte sich neben ihn, griff nach seiner Hand, legte sie in ihren Schoß und nahm ihre andere Hand obenauf, als würde sie sie schützend über seine legen.

»Du sorgst dich, was sie heute wieder schreiben, hm?«

Die klugen Augen seiner Frau zeigten ihm, dass er sie niemals anzulügen brauchte – sie konnte ihn lesen.

»Ja«, sagte er. Es war nicht mehr als ein Murmeln.

Sie atmete tief ein und dann wieder aus. »*Mon cher*, ich ahnte, dass es hart werden würde, aber du hast recht: Ich wusste nicht, dass es so hart werden würde. Und es tut mir leid, dass ...«, sie brach ab, und er schüttelte den Kopf, setzte sich auf und zog sie zu sich, sodass sie ihren Kopf auf seine Schulter legen konnte – eine vertraute Geste, von der er glaubte, dass sie ihn noch mehr beruhigte als sie.

»Hör bitte auf, *chérie*«, sagte er leise, »es tut mir leid, dass es mir so zu schaffen macht und dass du das nun zu spüren bekommst. Es ist nur: Ich habe mir so viel Mühe gegeben, stets unter dem Radar zu fliegen. Und nun sitzen wir auf dem Präsentierteller. Aber sei es drum. Ich will und ich werde dich bei allem unterstützen. Und ich weiß genau, warum du dir all das antust. Weil du letztlich ...«

Er sprach den Satz nicht zu Ende, weil sie schlicht noch nie darüber gesprochen hatten. Was passieren würde, wenn es klappen sollte. Was geschehen würde, am Tag danach. Wie sich ihrer beider Leben verändern würde, sollte sie tatsächlich gewinnen. Es war wie bei einem jungen Paar, das sich die gesamte Schwangerschaft vorstellte, die Übelkeit, den dicken Bauch, auch die Wehen und die Geburt. All das sah man bis ins Kleinste voraus. Aber dann, diesen Tag X, diesen ersten Tag mit dem Baby daheim, diesem kleinen Wesen – den konnte sich niemand vorstellen. Ganz einfach, weil es jede Vorstellungskraft überstieg.

»Ich danke dir«, sagte sie und streichelte seine Wange. »Ich hoffe, sie lassen dich heute in Ruhe. Aber nun verzeih, Liebster, ich muss los. Eine große Matinée in der Bourse de Commerce, und anschließend besuche ich noch eine Obdachlosenunterkunft im Zweiten. Und morgen Abend ist die riesige Kundgebung auf dem Boulevard de Belleville … vielleicht hast du ja Zeit, mich abzuholen, dann könnten wir danach noch essen gehen.«

»Das klingt toll«, sagte er.

Dann gab sie ihm einen Kuss, und er sah ihr nach, wie sie in ihrem leichten Sommerkleid mit den bunten Blumen das Zimmer verließ. Niemals würde Dominique Lacroix ihrem Stil untreu werden, niemals würde sie sich verkleiden, niemals würde sie versuchen, irgendeinen Mann zu imitieren, um erfolgreich zu sein – warum sollte sie auch? Sie war eine Frau in den besten Jahren, sie war selbst überaus erfolgreich, sie war *très chic*, und sie war eben sie selbst – das war doch die beste Werbung überhaupt. Andere brauchten Imageberater, Madame Lacroix brauchte nur ihr Gespür. Sie war eine echte Pariserin, eine Frau aus dem Volk, ohne anbiedernd zu sein – und nach nichts schienen sich die Pariser in diesen Zeiten bei ihren Politikern mehr zu sehnen.

Lacroix stand auf und ging unter die Dusche, dann kleidete er sich an und versuchte währenddessen, aus dem Fenster einen Blick auf die Auslage des gegenüberliegenden *kiosque* zu erhaschen. Doch die Zeitung *Le Parisien* war zu weit weg, um etwas auf der Titelseite erkennen zu können. Er musste wohl oder übel in den sauren Apfel beißen und unvorbereitet auf die Straße treten. Sei's drum. Irgendwann würde ihnen schon nichts mehr einfallen. Lacroix hoffte, dass *irgendwann* heute wäre.

2

Er brauchte gar nicht so nah heranzutreten. Ein Blick auf das Foto, das auf der Titelseite prangte, reichte Lacroix, um zu wissen, dass *irgendwann* doch noch vertagt war. Den Journalisten des *Parisien* war durchaus noch eine gemeine Schlagzeile eingefallen.

PARISER GANOVEN KÖNNEN AUFATMEN –
BALD MUSS LACROIX ABTRETEN

Die Lettern auf der ersten Seite waren von Natur aus groß, doch diesmal schien es dem Commissaire, als wären sie noch ein wenig größer ausgefallen. Das Foto zeigte Dominique und ihn, sie im Abendkleid, ihn in einem dunklen Anzug. Es war bei einem der seltenen Anlässe aufgenommen worden, zu dem sie beide gemeinsam aufgetreten waren, er glaubte, sich an eine Verleihung des Ordens für Kunst und Literatur an eine Schriftstellerin aus dem siebten Arrondissement zu erinnern. Dominique hatte ihn unbedingt dabeihaben wollen – nun ja, er hatte auch gehen wollen, weil er die ausgezeichneten Gedichte der Dame sehr schätzte. Nun befand sich das Foto auf dieser schrecklichen Titelseite, und Dominique und er wurden in ganz Paris herumgetragen, lagen auf den Theken und in den Aufstellern herum.

Er kniff die Augen zusammen. Nicht nur, weil er weiterlesen wollte, ohne das Schmierblatt in die Hand zu nehmen, sondern auch, weil er sich schämte. Es war eine eigenartige Mischung aus Scham und Fremdscham, die dazu führte, dass es ihm kalt den Rücken herunterlief. Lacroix war kein Mann, der sich leicht fürchtete – aber dieses Exponiertsein in der Öffentlichkeit fürchtete er mehr als alle Pariser Ganoven zusammen.

von Romy Schneider

Er ist der berühmteste flic von Paris: Commissaire Lacroix aus dem Kommissariat im fünften und sechsten Arrondissement. Bei seiner Aufklärungsrate und seiner Menschenkenntnis wäre er sicher längst Chef der gesamten Pariser Polizei, aber Lacroix hat es immer vorgezogen, zu ermitteln, anstatt die Karriereleiter zu einem ruhigen Verwaltungsposten zu erklimmen.

Doch nun schickt sich seine Frau an, Chefin zu werden. Chefin von Paris sozusagen.

Die Bürgermeisterin des siebten Arrondissements kandidiert für die konservativen Républicains bei den Bürgermeisterwahlen im Herbst. Und die Chancen der sympathischen Politikerin sind ausgesprochen groß. Während die Konkurrenz sich in permanenten Streitigkeiten selbst zerlegt, regiert Dominique Lacroix, die gewiefte Taktikerin, ihren Bezirk seit fast zehn Jahren erfolgreich und skandalfrei. Das qualifiziert sie zu mehr.

Sollte sie tatsächlich gewählt werden, könnte das für die Stadt eine blühende Zukunft verheißen. Allerdings auch eine blühende Zukunft für das hauptstädtische Verbrechen.

Denn wie kann Commissaire Lacroix weiterermitteln, wenn seine Ehefrau seine oberste Dienstherrin ist? Der Interessenkonflikt wäre vorprogrammiert. Zudem bestünde ein hohes Sicherheitsrisiko, wenn sich der Ehemann der führenden Politikerin von Paris bei seiner Arbeit in Gefahr brächte – denn es würde nicht nur Dominique Lacroix erpressbar machen, sondern auch die Stadt.

Muss Lacroix also weit vor dem Renteneintritt aus freien Stücken abtreten? Darüber werden die Police Nationale und der Präfekt gemeinsam beraten, heißt es hinter verschlossenen Türen.

Die Aussicht bereitet nicht nur vielen Bürgern große Sorgen. Der Vorsitzende der Association der Verbrechensopfer sagte unserer Zeitung: »Ein ausgewiesener Experte und gestandener Beamter wie Commissaire Lacroix ist unerlässlich für die Arbeit der Pariser Polizei und für die Sicherheit der Pariser Bürger. Wir brauchen ihn, um die Verbrecher der Stadt im Zaum zu halten. Aus diesem Grunde kann ich seine Ehefrau nicht zur Bürgermeisterin wählen, auch wenn ihre Qualifikationen hervorragend sind. Und – auch wenn ich normalerweise keine Wahlempfehlung abgebe – ich kann nur allen raten, es mir gleichzutun.«

Wir haben Dominique Lacroix gefragt, wie es für ihren Mann beruflich weitergeht, doch bisher blie-

ben unsere Interviewanfragen unbeantwortet. Le Parisien *bleibt natürlich dran.*

Normalerweise war Lacroix ein beherrschter Mann, aber jetzt war er kurz davor, den Zeitungsständer umzureißen. Oder sollte er alle Ausgaben selbst kaufen, damit niemand diesen Schund las? Allerdings hätte er dann nicht nur in der Rue Cler zuschlagen müssen, sondern auch noch in der Rue de Buci, wo sich sein Stammcafé befand, und rund um das Kommissariat und, und, und ... Nein, es ließ sich nicht stoppen. Es blieb ihm nichts anderes übrig, als das Geschreibsel zu ignorieren und seinen Weg zur Arbeit fortzusetzen.

Beim Fall des erschlagenen Bäckers hatte er mit Romy Schneider, der jungen aufstrebenden Reporterin, sehr gut zusammengearbeitet. Im letzten Winter aber war es während der Ermittlungen zu den Weihnachtsmysterien auf dem Montmartre zu einem Streit zwischen ihnen gekommen, der die Journalistin offenbar nun dazu veranlasste, eine Privatfehde anzuzetteln, die sehr gut zur Redaktionslinie ihrer Zeitung passte.

Lacroix widerstand dem Kaffeeduft, der aus dem Café Central zu ihm drang. Er hätte gerne eine kleine *noisette* getrunken, aber er fürchtete, dass ihn nicht nur der Wirt auf den Artikel ansprechen würde. Also bog er aus der Rue Cler rechts in die Rue de Grenelle ein und ging zügigen Schrittes gen Osten.

Es war an diesem Morgen noch angenehm kühl. Nachdem der Frühsommer Paris Ende Mai eine Hitzeperiode beschert hatte, in der seine Kollegen schon die

Ventilatoren im Büro anstellten, konnte Lacroix heute sogar seinen Mantel tragen, ohne groß aufzufallen. Den Hut hatte er tief ins Gesicht gezogen.

Er liebte diesen Spaziergang die kerzengerade Rue de Grenelle hinunter, die ihn erst am Invalidendom, dann am Arbeitsministerium und schließlich am Dienstort seiner Frau, dem Rathaus des Siebten, vorbeiführte. Doch diesmal nahm er den Weg zügig, ohne sich viel umzublicken, er wollte schlicht nicht erkannt werden, damit ihn niemand auf diesen Artikel ansprach. Herrje, dachte Lacroix, das alles raubte ihm wirklich die Freude an seiner Stadt.

Wie ein Geist huschte er über den Boulevard Saint-Germain, schenkte den bunt dekorierten Schaufenstern, die ihm sonst so viel Freude bereiteten, keine Beachtung, sondern bog schnell nach links in die Rue de Buci ein und betrat dann in aller Eile den Chai de l'Abbaye. Hier drinnen, so hoffte er, würden sie ihn in Ruhe ...

»*Mon cher commissaire*«, rief Yvonne Abeille, die Wirtin, deren schwarze Schürze über und über mit Mehl bestäubt war. Sie war dabei, für das Frühstück ein Baguette so rabiat in *tartines* zu schneiden, dass die Krümel nur so hin- und herflogen und das Mehl als weiße Staubwolke durch die Luft waberte. »Ich hab auf dich gewartet, hast du es schon ge...«

Sie machte eine Kopfbewegung in Richtung der Zeitung, die aufgeschlagen auf dem alten Zinktresen lag, doch als sie seine veränderte Miene sah, sprach sie immer langsamer, bis sie ganz verstummte.

»Du willst mir doch nicht meinen liebsten Ort vergällen, oder, *ma chère patronne*?«

»Nein, Lacroix, bei Gott, natürlich nicht. Aber wenn die Journalisten den Teufel an die Wand malen, muss ich doch wenigstens mal nachfragen: Ist da was dran? Musst du wirklich kündigen?«

Sie sah ihn fragend an. Alles an ihr war Vorsicht. So hatte er Yvonne Abeille, die Ungerührte, wirklich noch nie gesehen.

»Papperlapapp«, sagte er laut und setzte sich auf den Barhocker am Tresen, der am weitesten vom Gastraum entfernt stand – ein weiterer Schutzmechanismus, dachte er im selben Moment. »Und kann ich jetzt endlich einen *café* haben, *mais vraiment*«, sagte er und bemerkte sofort, dass es ihm viel gröber herausgerutscht war, als er vorgehabt hatte. *»Excuse-moi«,* murmelte er, »der Morgen zerrt an meinen Nerven.«

»Versteh' ich, Commissaire. Aber Dominiques Umfragewerte sind doch wirklich herausragend, oder nicht?«

Er nickte mürrisch, während sich Yvonne an der alten Kaffeemaschine zu schaffen machte und ihm Sekunden später den heißen schwarzen Kaffee in der kleinen Tasse vorsetzte, den er so schnell trank, dass er sich die Zunge verbrühte.

»C'est pas vrai«, schalt er sich. *»Quelle journée!«*

Yvonne schwirrte ab zu einem Tisch im hinteren Teil des Gastraumes, um die Bestellung aufzunehmen. Als sie wiederkam, wiederholte sie:

»*Deux citrons pressés*, zwei Cappuccini«, dann brüllte

sie in ihrer unnachahmlichen Art in die Küche: »Und zwei *omelettes jambon-fromage, d'accord*?«

»*Oui*«, kam Sekunden später die Antwort ihres Chefkochs, der zugleich ihr Ehegatte war und sich nur alle Jubeljahre mal im Gastraum sehen ließ – sein Reich war die Küche, seine Untertanen der Herd und der Kühlschrank, während Yvonne über den Saal und den Tresen herrschte.

Sie zerschnitt zwei Zitronen und wollte gerade anfangen, sie für das typische Pariser Frühstücksgetränk auszupressen, als Lacroix sich räusperte und sagte:

»Ich will doch nur, dass sich nichts ändert. *Mon dieu*, ist das denn zu viel verlangt? Ich hasse es, dass die Pariser Taxis nun diese schrecklichen roten und grünen Lichter haben, ich hasse es, dass sich ständig die Linienführung der Busse ändert, weil der alte Bürgermeister jeden Tag eine neue Straße sperrt, um sie ausschließlich für Fahrräder freizugeben. Und ich kann immer noch nicht verstehen, warum du diesen unglaublich leckeren Rotwein vom Château Le Reysse nicht mehr auf der Karte hast. Yvonne«, nun sprach er wirklich laut, »ich hasse Veränderungen – und ich hasse es, im Mittelpunkt zu stehen. Und alles, was gerade passiert, ist Veränderung und ausgerechnet eine Entwicklung, die meine Frau und damit auch mich ins Rampenlicht stellt. Herrgott, ich will ja, dass sie diese Wahl gewinnt. Aber ich bin es doch nicht, der kandidiert, sondern sie – warum versteht das denn niemand? Ich will einfach nur meine Ruhe, ich will hier in aller Ruhe jeden Morgen sitzen und meinen *café* trinken …«

Er sah die Bewegung vor dem Fenster nur aus dem Augenwinkel, doch an Yvonnes fasziniertem Blick erkannte er, dass sich da draußen etwas abspielte. Schließlich wandte auch er den Kopf, wobei er die Wirtin noch murmeln hörte: »Na, ich glaube, mit der Ruhe ist es vorbei.«

Draußen hatten zwei schwarze Limousinen mitten auf der engen Straße gehalten. Es waren nicht solche, wie sie in Paris an jeder Ecke hielten, um reiche Bewohner von A nach B zu chauffieren, sondern zwei Exemplare von der besonders wichtigen Sorte. Das erkannte Lacroix daran, dass aus dem vorderen Wagen ein Mann im schwarzen Anzug ausstieg, eine verspiegelte Sonnenbrille auf der Nase. Der Prototyp des Bodyguards. Die Tür des hinteren Wagens, die gerade geöffnet wurde, bestand aus dickem Stahl, beide Fahrzeuge waren gepanzert und sahen derart bedeutend aus, dass sich die nachfolgenden Taxifahrer gar nicht trauten, wütend zu hupen. Kurz darauf stieg aus dem zweiten Auto ein Mann. Lacroix stutzte. Im ersten Moment dachte er an einen Zufall, einen Zwilling, einen Mann, der einem anderen, viel berühmteren durch eine Laune der Natur täuschend ähnlich sah. Doch dann schüttelte er den Kopf. Nein, das war keine Ähnlichkeit. Er war es.

Der Commissaire war ihm noch nie persönlich begegnet, aber er hatte ihm schon oft zugesehen, manchmal sogar stundenlang. An herrlichsten Sommertagen hatten Dominique und er das schöne Pariser Wetter ignoriert und ihre liebsten Spazierrunden links liegen gelassen, um sich stattdessen in einem Pub um die Ecke der Rue Cler vor einen Fernseher zu setzen und *ihn* zu betrachten. Und jetzt betrat dieser Mann den Chai de l'Abbaye.

Lacroix konnte den Blick gar nicht abwenden. Der Bodyguard hielt dem Mann die Tür auf und ließ ihn durch, dann schob er sich vorbei und sah sich prüfend im Gastraum um. Er brauchte nur wenige Augenblicke, um alle Ecken zu kontrollieren. Diese beiden waren ein eingespieltes Team. Erst als die Prüfung abgeschlossen war, setzte sich der Mann in Bewegung. Lacroix schaffte es gerade noch, die Schrift zu lesen, die auf der Seitentür der vorderen Limousine angebracht war: *Shuttle du Roland-Garros* stand da. Doch der berühmte Mann wollte nicht hier frühstücken – weit gefehlt. Das erkannte Lacroix, als er plötzlich vor ihm stand und ganz freundlich nickte, so, als wären sie verabredet.

Er war kleiner, als Lacroix gedacht hatte, aber immer noch schlank und drahtig. Sein Teint war dunkel, seine Stirn zierten sympathische Falten, das graue Haar trug er adrett gescheitelt, und die blauen Augen blitzten sympathisch. Hellblau wie die eines Huskys, dachte Lacroix. Damals bei den großen Turnieren waren diese Augen sein Markenzeichen gewesen, aber der Commissaire hätte sich nie träumen lassen, dass sie wirklich so blau waren wie im Fernsehen.

»Entschuldigen Sie, Monsieur Lacroix«, sagte er mit einer leisen und freundlichen Stimme, die dennoch so ungekünstelt souverän wirkte, dass dem Commissaire sofort klar war, dass diesem Mann selten jemand widersprach. »Es tut mir leid, Sie beim Frühstück zu stören.«

»Ich bitte Sie«, sagte Lacroix, »nehmen Sie doch Platz, Monsieur Seignosse.«

Der Mann kniff nicht die Augen zusammen, legte nicht den Kopf schief, machte auch keine anderen Umstände, sondern setzte sich einfach auf den freien Barhocker neben den Commissaire und sagte leise, als erriete er die Gedanken des Polizisten: »Es ist gut, einen Menschen zu treffen, den ebenfalls jeder beim Namen kennt. Es ist immer so merkwürdig, wenn sich in einer Runde alle vorstellen müssen und nur von mir jeder den Vor- und Nachnamen kennt, selbst den Geburtstag und die Unterhosengröße. Aber gut, so ist das eben, eine sogenannte Legende zu sein – das kennen Sie sicher ... Die Presse gibt sich ja alle Mühe, Ihnen Legendenstatus zu verleihen.« Dabei hielt der Mann den *Parisien* in die Höhe und ließ ihn angewidert wieder auf den Tresen fallen.

Lacroix machte ein gequältes Gesicht. »Nichts, was ich mir gewünscht habe ...«

»Das ging mir ähnlich. Ich wollte mein Leben lang nur Tennis spielen. Das würde ich auch heute noch am liebsten tun. Aber der Verband hatte anderes mit mir vor – und von irgendetwas muss der Mensch ja leben.« Er lachte herzhaft, und es klang überhaupt nicht überheblich.

Lacroix ging im Kopf durch, was er von diesem Mann wusste.

Éric Seignosse sah zwar aus wie ein gestählter Mittfünfziger, aber er musste jetzt Ende sechzig sein. Er war das französische Pendant zu Boris Becker: Wimbledon mochte er nie gewonnen haben, doch dafür hatte er in den siebziger Jahren Roland-Garros dominiert. Sieben Mal – Lacroix konnte sich so genau daran erinnern, weil es seine Glückszahl war – hatte Seignosse das Turnier in Paris gewonnen und hatte deshalb sogar einige Wochen auf Platz eins der Tennisweltrangliste gestanden. Nach sechs Siegen und einer Verletzung hatte er aufgehört, war dann aber mit Anfang dreißig noch mal zurückgekehrt, in einem Alter, in dem andere schon als Tennis-Opas galten. Doch er hatte das Publikum im Bois de Boulogne hinter sich gehabt – und hatte das Turnier tatsächlich gewonnen. Am Finaltag hatte Paris fünfunddreißig Grad im Schatten gemessen, aber die Parks und die Seine-Quais waren menschenleer gewesen, weil alle Pariser vorm Fernseher das Finale verfolgt hatten – sechs Stunden, die zum Fingernägelknabbern spannend gewesen waren.

An diesem Tag, als er seinen kroatischen Gegner in fünf Sätzen niederrang und sich die beiden hinterher die Hände schüttelten und herzten, war Éric Seignosse zum Nationalhelden geworden. Und er war klug genug, nicht denselben Fehler zu machen wie viele seiner Kollegen: Er hatte einen Plan für das Leben danach. Einen anderen als Alkohol und teure Autos und noch teurere Scheidungen.

Éric Seignosse hatte sich zunächst aus der Öffentlichkeit zurückgezogen, war gereist, hatte sein Leben genossen und war erst nach zwanzig Jahren zurückgekehrt, als Leiter des Tennisverbandes. Und nun saß er hier, genau vor Lacroix, und hatte offensichtlich etwas auf dem Herzen.

»Hören Sie, wir wissen alle nicht weiter«, sagte er und schien jemanden hinter dem Tresen zu beobachten. Lacroix folgte seinem Blick. Dort stand Yvonne, die ihrerseits außerstande schien, sich zu bewegen. Sie starrte den Tennisstar regelrecht an. Monsieur Seignosse lächelte ihr zu.

»Sie haben ein sehr schönes Bistro«, sagte er eine Spur lauter.

»Oh«, sie errötete augenblicklich, und beinahe spürte Lacroix so etwas wie Eifersucht. Bei ihm hatte sie noch nie so ein verzücktes Gesicht gemacht. »Finden Sie wirklich, Éric? Äh, ich meine, Monsieur Seignosse.«

»Alles gut, jeder kennt mich als Éric – und wenn Sie die Freundlichkeit besitzen würden, mir eine *verveine* zu machen, dann dürfen Sie mich nennen, wie auch immer Sie wünschen.«

»Oh, aber natürlich, Monsieur Seignosse«, erwiderte Yvonne und griff sofort zu einer weißen Teekanne, um sie unter die Heißwasserdüse der Kaffeemaschine zu stellen.

»Also, Commissaire Lacroix, wir wussten heute Morgen alle nicht weiter. Natürlich haben wir einen Sicherheitsberater beim Turnier, der empfahl mir gleich, Arnaud anzurufen. Arnaud, Sie kennen ihn natürlich.«

Arnaud Mercier war Lacroix' direkter Vorgesetzter, der Leiter der Police nationale von Paris, der die Kommissariate in den einzelnen Arrondissements vom Quai des Orfèvres aus leitete, der noblen und altehrwürdigen Adresse auf der Île de la Cité im Herzen der Stadt.

»Aber eigentlich wusste ich schon, dass ich Sie will,

schließlich habe auch ich heute Morgen zum Frühstück den *Parisien* gelesen. Ich hatte gehofft – nein, ich hatte erwartet –, dass die Journalisten mit unserem großen Star aufmachen würden – der erste Franzose seit zwanzig Jahren, der das Zeug hat, Roland-Garros zu gewinnen. Aber weit gefehlt. Da standen Sie auf der Titelseite. Als ich dann den Anruf erhielt und erfuhr, was passiert ist, dachte ich: Das war ein Wink des Schicksals. Erstens, weil ich ganz froh war, dass der große Star nicht auf der Titelseite steht – na ja, eigentlich ist es noch geheim, aber Sie wissen ja, wie das ist – und zweitens, weil ich nun wusste, dass *Sie* es sind, Commissaire, den mir das Universum schickt, um unser Geheimnis zu lüften.«

Yvonne Abeille stellte mit einem Räuspern die Teekanne und eine Tasse auf den alten Tresen. Dabei sah sie den Tennisstar so intensiv an, dass sie die Kanne ins Rutschen brachte. Beherzt griffen Lacroix und Monsieur Seignosse im selben Moment zu und verhinderten eine sehr heiße Überschwemmung.

»Wir können ein gutes Team werden«, sagte Seignosse und lachte.

»Yannick Duc«, sagte Lacroix. »Sie meinen Yannick Duc.«

Seignosse nickte. »Frankreichs neue große Tennishoffnung. Er hat Anfang des Jahres die Australian Open gewonnen. Zum ersten Mal ein Grand-Slam-Turnier. Und nun will er ganz nach oben in den Tennisolymp. Wenn er hier gewinnt, dann steigt er auf der Weltrangliste nach ganz oben. Aber ich muss sagen, seit heute Morgen ist das wirklich mehr als ungewiss.«

»Was ist mit ihm?«, fragte Lacroix, der immer noch nicht wusste, worauf das alles hinauslief.

»Darum geht es in der Tat«, sagte Éric Seignosse, »aber ich würde mich wesentlich wohler fühlen, wenn wir das nicht in der Öffentlichkeit besprechen könnten. Darf ich Sie bitten, mich zu begleiten? Wir sollten direkt in den Bois de Boulogne fahren, dann können Sie sich vor Ort ein Bild machen. Ich sage Ihnen nur so viel: Das hier ist ein Fall im ureigenen nationalen Interesse. Sogar der Sportminister weiß schon Bescheid – und er wird gleich den Präsidenten informieren. Ganz im Ernst, Commissaire Lacroix: Wir brauchen Sie.«

»Nun, wenn das so ist, Monsieur Seignosse …«

Der Tennisspieler wies auf seinen Wagen, der vor der Tür stand.

Lacroix zögerte. »Aber ich muss vorher auf jeden Fall in mein Büro. Ich habe in einer anderen Sache noch etwas zu erledigen. Danach komme ich zu Ihnen, einverstanden?«

Seignosse sah ihn todernst an. »Ich bitte Sie, Commissaire, kommen Sie schnell. Es geht um Stunden.«

»Ich werde da sein, bevor die Uhr zwölf schlägt, Monsieur Seignosse.« Dann wandte er sich zum Tresen. »Yvonne, *ma chère*, ich brauche dringend noch einen *café*. Merci.«

Der alte Tennisstar nickte und stand von seinem Barhocker auf. »Ich sehe, Commissaire, Sie sind aus festem Holz geschnitzt. Das passt mir. Ich erwarte Sie auf der Anlage. Einen schönen Tag.« Dann nickte er der Wirtin zu, die ihm mit leuchtenden Augen nachsah.

»Wenn du jemals mich so anschauen würdest!«, sagte Lacroix leise lächelnd.

»Tja, *mon commissaire*, aber das liegt ja nicht daran, dass du keine so schönen Oberarme hast wie Monsieur Seignosse.«

»Ach nein?«, fragte Lacroix und betrachtete unwillkürlich seine breiten Arme, die wie üblich in einem Tweedsakko steckten. »Woran denn dann?«

»Daran, dass du immer so voller Glanz in deinen Augen von Madame Lacroix sprichst. Und Monsieur Seignosse ist ein ewiger Junggeselle, da wird man ja mal träumen ...«

»Essen ist fertig, *chérie*«, rief es aus der Küche. Yvonne verstummte und zwinkerte Lacroix zu. »Aber die Wirklichkeit ist natürlich viel besser«, sagte sie und verschwand, um das Frühstück zu servieren.

Mit zwei dampfenden Tellern trat sie kurz darauf wieder aus der Küche. Das Omelette sah perfekt aus. Es war nicht durchgebraten, sondern schön *à point*, an den Seiten lief der helle Cantal-Käse heraus, mit dem der Chefkoch es hier füllte, und es roch so gut nach frischen Kräutern, dass der Commissaire gleich ganz hungrig wurde.

»Mach mir bitte auch so eines, in Ordnung? Ich kann ja nicht hungrig zum Sport gehen. Und kann ich einmal dein Telefon benutzen? Bitte?«

»Ein einziges Mal, *mon commissaire*«, sagte sie bierernst.

Lacroix trat hinter die Bar und führte den Apparat mit der Schnur auf seine Seite des Tresens. Dann nahm er den Hörer ab und wählte die Nummer seines Büros. Wie üblich war es Jade Rio, die sich nach zweimaligem Klingeln meldete.

»Kommissariat des fünften und sechsten Arrondissements, guten Morgen?«

»Capitaine, ich bin es.«

»Oh, Commissaire, wie geht es Ihnen?«

Ihrer Stimme war anzuhören, dass der aufgeschlagene *Parisien* direkt vor ihr lag.

»Bestens«, sagte er und ließ sich nichts anmerken. »Ich bekomme gleich ein saftiges Omelette serviert, und danach lerne ich den alten und den neuen Tennisstar Frankreichs kennen. Na ja, den alten habe ich schon kennengelernt, aber der neue steht mir noch bevor.«

»Wie meinen Sie?«

»Das erkläre ich Ihnen gleich. Können Sie bitte Paganelli in Kenntnis setzen, dass ich Sie beide später brauche? In einer sehr wichtigen Angelegenheit? Wir treffen uns in einer Stunde im Büro. Und danach fahre ich an den Ort des vermeintlichen Verbrechens.«

»Wir …« Rio stockte, dann besann sie sich. »Okay, ich frage jetzt mal nicht nach, was all diese Geheimnisse zu bedeuten haben. Aber wir freuen uns auf Sie, Commissaire. Der Korse ist sicher so gespannt wie ich.«

»*À plus*, Capitaine.«

Lacroix legte auf. Dann blickte er sich vorsichtig um. Yvonne war noch an einem Tisch und unterhielt sich mit den Gästen. Also wählte er die zweite Nummer. Nach acht- oder neunmaligem Läuten hob jemand ab.

»Schneider?«

Als er sprach, klang er ganz atemlos.

»Mademoiselle Schneider«, fauchte er, so heftig, dass er Yvonnes Blick im Rücken spürte, »ich weiß, dass wir keine Freunde mehr sind seit der Sache in Montmartre. Aber was Sie sich hier erlauben, ist wirklich … ich …«

»Wer ist denn da?« Sie klang belustigt.

»Hier ist Lacroix, Commissaire Lacroix.« Er sprach nun wirklich laut und wütend. »Sie führen eine schmutzige Hetzkampagne, gegen mich und gegen meine Frau – und das wissen Sie. Das ist eine so schäbige Sache – ich bin außer mir. Hören Sie, Sie müssen das sein lassen.«

»Ah, Commissaire, dachte ich mir, dass Ihnen das nicht gefällt.« Ihre Stimme klang ganz ruhig, aber ihm war, als hörte er ein leichtes Beben im Timbre. Damit schien sie nicht gerechnet zu haben, und doch war sie so schlagfertig wie eh und je. »Es stimmt schon, seit Montmartre bin ich ärgerlich über Sie. Aber Sie müssen mir doch auch zustimmen: Die Bürger von Paris haben ein Anrecht auf die Wahrheit. Außerdem wird die Wahl so doch wieder spannender, das dürfte doch für eine echte Demokratin wie Ihre Frau …« Lacroix fuhr ihr dazwischen: »Lassen Sie meine Frau aus dem Spiel. Sie haben mich auf dem Kieker!«

»Ihre Frau kann ich nicht aus dem Spiel lassen«, erwiderte Romy Schneider kühl. »Sie ist eine Person des öffentlichen Interesses – vielleicht bald die wichtigste Frau in Paris. Es ist schön, dass Sie mir nun doch eine Erklärung geben, zumindest habe ich nach Ihrem Anruf etwas, das ich schreiben kann. Deshalb hören Sie, Commissaire …«

»Nein, Sie hören *mir* mal zu, Mademoiselle: Sie lassen uns in Ruhe, meine Frau und mich. Sie steigen mir nicht mehr hinterher. Uns beiden nicht. Was kommt denn als Nächstes? Wollen Sie meinen Bruder besuchen und ihn über meinen Glauben ausfragen? Meine Mutter ist ja leider schon tot, die könnten Sie auf dem Friedhof von Senlis besuchen. Oder … ach, ich kann es nicht ausstehen, wie Sie arbeiten …« Dann schmiss er den Hörer auf die Schale, dass es nur so krachte.

Es dauerte keine drei Sekunden, da stand Yvonne hinter ihm. »Alles in Ordnung, *mon commissaire*? So habe ich dich ja noch nie erlebt. Ich wusste nicht, dass dich das so mitnimmt.«

Er wandte sich um und sah sie ernst an. »Ich … nein, tut mir leid, ich wollte nicht das ganze Lokal zusammenschreien.«

»Also, diese Frau, diese Mademoiselle Schneider, die hat von heute an Hausverbot, das schwöre ich dir!«

3

Die Besprechung im Hôtel de Police an der Rue de la Montagne Sainte-Geneviève war rasch und ohne besondere Vorkommnisse verlaufen – wenn es nicht als Vorkommnis zählte, dass sowohl Jade Rio als auch ihr Kollege Adolphu Paganelli den Commissaire mit unverhohlenem Erstaunen angesehen hatten. Doch dieser hatte nur freundlich gelächelt und bestimmt gesagt:

»Ja, ich möchte das so machen – und ich würde mich freuen, wenn Sie mit an Bord sind.«

Daraufhin war er aufgestanden und hatte die dritte Etage verlassen, war die Treppen hinuntergestiegen, vorbei am Museum der Pariser Polizeigeschichte, und dann nach draußen getreten in die Wärme des späten Vormittags.

Er passierte den Zeitungskiosk auf dem Boulevard Saint-Germain, an dem wie üblich der Verkehr vorbeirauschte. Die Uhr in der alten Säule zeigte kurz vor elf. Er würde es zu Fuß nicht pünktlich schaffen, doch da die Metro nicht infrage kam, weil er sie mied wie der Teufel das Weihwasser und er gerne noch etwas laufen wollte, entschied er sich, in den wartenden Bus der Linie 70 zu steigen, der mit lautem Klingeln gleich darauf anfuhr. Lacroix setzte sich auf den ersten Sitz an der hinteren Tür – um diese Zeit war nicht viel los, die

Pendler waren alle schon in der Stadt, und die Mittagspause war noch fern.

Er fuhr nicht oft mit dieser Linie und in dieser südlichen Richtung. Seine Aufgaben lagen hier im Quartier, er wohnte im benachbarten, also gab es schlicht keinen Anlass dazu. So lehnte er sich in seinem Sitz zurück und genoss den Ausblick aus dem großen Fenster, an dem die Haussmann'schen Bürgerhäuser vorbeirauschten, erst jene des südlichen sechsten Arrondissements, vorbei am noblen Kaufhaus Bon Marché, das *rive gauche* das Äquivalent zu den Galeries Lafayette im Norden der Stadt war. Dann, hinter dem Necker-Krankenhaus, begann schon das fünfzehnte Arrondissement, jenes mit der höchsten Einwohnerzahl der ganzen Stadt.

Auch das noble Rathaus des Quartiers lag an der Strecke, die Trikolore hing träge in der Sonne. Aus dem Augenwinkel sah Lacroix die Plakate zur Wahl, auch jenes, auf dem er Dominique erkannte. Ihr Anblick durchfuhr ihn. Da hing wirklich das Gesicht seiner Frau auf der Plakatwand neben der *mairie*, ein Foto voller Lächeln, darunter ihr schönes Motto: *Vive la vie, vive Paris*. Es war ihre Idee gewesen, und er liebte dieses Pathos an ihr, weil es nicht nur Spektakel war, Dominique war wirklich verliebt in das Leben. Er war so gerne mit ihr zusammen, manchmal kam er sich wirklich wie ein romantischer Narr vor.

Das Fünfzehnte war keine touristische Gegend, was es für Lacroix unbedingt liebenswert machte, eher ein Viertel der kleinen Büros und der Wohnhäuser für mittlere Angestellte oder Selbständige. Es gab hübsche

Cafés, Weinbars und Restaurants, in die die echten Pariser gingen. Die Straße war nun bevölkert von jungen Leuten in Kleidern und Anzügen, die den Bistros entgegenströmten, eine Stunde Pause, endlich war die lang ersehnte *pause déjeuner* da.

Kurz vor der Seine änderte sich das Bild, und Lacroix konnte immer noch nicht verstehen, wie dieses Panorama hatte entstehen können: Südlich des Eiffelturms war in den siebziger Jahren irgendein Genie auf die Idee gekommen, dass ein paar Hochhäuser der schönsten Stadt der Welt guttun würden. Leider war zu dieser Epoche der Baustil des Brutalismus maßgeblich und galt als modern – als *schön* konnte er wohl schon damals nicht gegolten haben. Jedenfalls trieben die Stadtplaner zwanzig Hochhäuser in den Pariser Himmel, hundert Meter hohe Ungetüme. Sie alle sahen unterschiedlich aus, was ihnen aber gemeinsam war, war die überbordende Hässlichkeit: Da war der Tour Totem, ein Wohnturm, der aussah, als hätte jemand übergroße Rubiks-Würfel in Beton gegossen. Oder diese schrecklich verspiegelte goldene Fassade ein paar Türme nebenan. Kurzum: Es war eine scheußliche Betonwüste. Und ein guter Grund dafür, dass im Pariser Stadtgebiet fortan keine Hochhäuser mehr gebaut wurden, sondern nur draußen, im Büroviertel von La Défense.

Lacroix wandte den Blick ab. Der Bus erreichte die Seine und überquerte den Pont de Grenelle. In der Mitte des Flusses lag die künstliche Insel Île aux Cygnes, die nur angelegt worden war, damit die Brücken auf ihr abgestützt werden konnten. Ganz im

Westen der Insel blieb Lacroix' Blick an der Statue hängen, die eher in einer anderen Weltmetropole verortet wurde. Doch während die Freiheitsstatue in New York riesig auf Liberty Island stand, war dieses kleine Modell hier ein Geschenk der Amerikaner, die in Paris lebten. Der Commissaire lächelte, als er die Figur betrachtete, doch dann sagte der Fahrer schon durch den knarzenden Lautsprecher die nächste Station an: *»La Fontaine – Radio France«*. Lacroix drückte den Knopf, erhob sich und stieg aus.

Das Maison de la Radio, dieses riesige runde Gebäude, lag gedrungen am Flussufer. Nun war es nur noch ein hübscher Spaziergang durch das sechzehnte Arrondissement, sicher das reichste der ganzen Stadt. Hier wechselten einander schön restaurierte Häuser und große Villen ab, die Botschaften der meisten Staaten lagen am nördlichen Flussufer. Je weiter Lacroix gen Westen ging, desto grüner wurde die Szenerie, bis er an der Porte Molitor den Boulevard Périphérique überquerte, den die Architekten hier dankenswerterweise in einen Tunnel verlegt hatten, damit er nicht die schöne Luft des nahen Bois de Boulogne verpestete.

Obwohl die Stadtgrenzen von Paris eigentlich an der Ringautobahn endeten und dahinter jeweils die Verwaltungseinheiten der angrenzenden Départements zuständig waren, gehörte der große Stadtpark traditionell zu Paris – und das galt eben auch für den Prinzenpark, das Stadion der Pariser Fußballmannschaft, und für Roland-Garros, das Tennisgelände. So konnte Lacroix hier ermitteln, andernfalls wären die

Beamten des Départements Hauts-de-Seine zuständig gewesen.

Er ging den Boulevard d'Auteuil entlang, rechts lag der Jardin des Serres d'Auteuil, jener schöne botanische Garten, der wunderbare Gewächshäuser beherbergte, voll mit Palmen und anderen tropischen Pflanzen. Aber der Clou war: In der Mitte zwischen den Gewächshäusern lag ein großer Tennisplatz. Das Ehepaar Lacroix hatte hier vor vielen Jahren mal eine Partie gegeneinander gespielt und diesen Anblick nie wieder vergessen. Sport und Natur rückten hier sehr nah zusammen.

Der Eingang zur Anlage war mit *Stade Roland-Garros* überschrieben. Dahinter waren schon die zwei wichtigsten Stadien zu sehen: Der neue Court Central mit seinem modernen Bau und das ältere Stadion, das nach der Spielerin Suzanne Lenglen benannt worden war.

Lacroix liebte diese Anlage, weil sie so ganz anders wirkte als die vielen Monstrositäten, die der globale Sportzirkus andernorts hervorgebracht hatte. Denn die Stadien und Courts von Roland-Garros verströmten auch die Eleganz von Paris und die Weitläufigkeit der grünen Lunge der Stadt. Hier ließ es sich selbst in diesem warmen Frühsommer sehr gut atmen. Zudem zog Lacroix den Stil der Tennisfreunde dem der Fußballfans naturgemäß vor – hier trug niemand lächerliche Fanschals oder trank Bier aus Plastikbechern. Sehr angenehm war das.

Auf dem freien Platz zwischen den Stadien war jede Menge los. Journalisten liefen mit Kameras herum, Männer in Anzügen plauderten im Schatten eines Sonnenschirms, zwei Sanitäter standen in der Ecke neben ihrer *ambulance* und hatten sichtlich eine ruhige Schicht.

Eine große Videowand zeigte je ein Bild von Yannick Duc und eines von einem anderen Spieler – und um auch allen klarzumachen, für wen man zu sein hatte, war das Foto des Franzosen ungefähr dreimal so groß abgebildet wie jenes seines Gegners. Dazu schrie auch noch die riesige Trikolore obenauf, dass nun die Stunde der Patrioten geschlagen hatte. Lacroix las:

1. Halbfinale von Roland-Garros:
Yannick Duc vs. Ernesto Altretagio (ITA):
Freitag, 16 Uhr

Dann schwenkte das Bild um:

2. Halbfinale von Roland-Garros:
Roger Hoellerer (CH) vs. Cveto Nikolic (SER):
Freitag, 20 Uhr

Lacroix sah unwillkürlich auf die Uhr. Noch etwas über vier Stunden. Doch es schien, als ob das Halbfinale mit Yannick Duc stattfinden würde. Wenn ihm etwas zugestoßen wäre, hätte man die Partie doch längst abgesagt. Hm, merkwürdig. Was war es dann?

Eine Stimme in seinem Rücken riss ihn aus seinen Gedanken.

»Sie haben gesagt, vor zwölf. Es ist drei Minuten vor zwölf. Ich sehe, Commissaire, auf Sie ist Verlass.«

»Sie sagten, es sei dringend. Und wer wäre ich, das zu bezweifeln?«, erwiderte Lacroix, als er sich umwandte und Éric Seignosse die Hand gab.

Der Mann hatte sein Sakko vom Morgen abgelegt und trug nur noch das weiße Hemd, das so glatt und frisch aussah, als hätte er es vor einer halben Stunde vom Bügel genommen.

»Kommen Sie, Commissaire, ich bringe Sie zu ihm.«

Als die Tennislegende voranschritt, sah Lacroix aus dem Augenwinkel, wie Seignosse das Gesicht verzog, fast so, als hätte er Schmerzen.

»Alles in Ordnung, Monsieur Seignosse?«

Doch der Mann winkte mit der Hand ab, als verscheuchte er eine Stubenfliege.

»Ich … ach, wahrscheinlich sind wir ohnehin zu spät. Was sollen Sie denn jetzt noch tun? Es bleiben nur noch wenige Stunden bis zum Match. Das wird selbst für Sie …«

»Ist es so dramatisch?«

Lacroix' Stimme musste ungläubig geklungen haben, denn Seignosse wandte sich ihm unwirsch zu, als hätte der Commissaire ein Sakrileg begangen.

»Sie haben ja keine Vorstellung«, sagte er, und damit war das Gespräch beendet.

Sie gingen neben dem Haupteingang des Courts durch eine Tür, die mit der Aufschrift *Accès Interdit Aux Personnes Non Autorisés* versehen war. Offenbar war das der Eingang für die Sportler. Eine Treppe führte sie in die Katakomben unter dem Stadion. Die Wände waren kahl und kühl, und Lacroix fühlte sich sogleich in seine Schulzeit zurückversetzt – ein Wunder, dass es in Sporthallen überall auf der Welt und egal in welchem Jahr immer gleich roch.

Es war ein langer, schier endloser Flur. Die Wände waren gefliest, an der Decke hingen kleine runde Lampen, die ein schummriges Licht warfen. Lacroix kannte diesen Ort natürlich aus dem Fernsehen: Wenn die Spieler bereit waren fürs Match, nahmen sie diesen Weg in die andere Richtung. Es war wie der Weg des Tigers in die Manege: Alles strebte dem Licht zu. Jetzt konnte der Commissaire die Anspannung, die die Spieler fühlten, ein wenig nachempfinden. Und dann gab es da noch die Wand, auf die mit einer Videoinstallation die Namen der Sieger von Roland-Garros projiziert wurden: Martina Navrátilová, Steffi Graf, Björn Borg, Rafael Nadal.

Wer hier entlangging, hatte den Traum, dass sein Name auch einmal dort stehen würde – für die Ewigkeit von Roland-Garros.

Sie mussten noch tiefer in die Katakomben dieses legendären Clubhauses hinein, bald aber waren die Wände weiß, und die Beleuchtung wirkte freundlicher, und dann wurde es wirklich elegant, elitär sogar – das war keine Fußball-Kabine, sondern die schönste Tennisanlage der Welt, auch wenn die Wimbledon-Fans da widersprechen würden. Am Ende des Ganges öffnete Seignosse eine Tür. Kein Wunder, dass er sich hier mit größter Selbstverständlichkeit bewegte, dachte Lacroix. Seit sicher fünfundfünfzig Jahren war er in diesen Räumen unterwegs, wenn er als Kind mit dem Tennisspielen begonnen hatte.

Hinter der Tür öffnete sich ein Raum, und der Commissaire erkannte, wo sie nun waren: Im Heiligtum der Turniervorbereitung. Hier befanden sich Hunderte hölzerne Spinde und die passenden Bänke, schon etwas in die Jahre gekommen, aber dennoch edel, alles war aus teurem Holz gebaut. Dahinter schloss sich der Trainingsraum an. Er wirkte wie ein sehr teures Fitnessstudio, mit Dutzenden Geräten. Auch zwei rechteckige Whirlpools gab es und etliche Duschen, Lacroix hörte das Wasser plätschern. Der riesige Raum war verlassen.

Nein, ermahnte sich Lacroix, *sieh doch genau hin.*

Dahinten saß jemand, kauernd, vielmehr in sich versunken, eine Gestalt, die ganz klein wirkte, doch als sie näher kamen, sah der Commissaire, dass ein großer junger Mann auf der Bank saß, den Kopf in die Hände gestützt. Er trug ein weißes T-Shirt und dunkelblaue Jogginghosen, seine Beine schienen endlos lang.

Er war drahtig, durchtrainiert, um das zu erkennen, hätte Lacroix nicht einmal näher herantreten müssen. Er folgte Seignosse, der sich dem jungen Mann langsam näherte und ihm, als er neben ihm stand, die Hand auf die Schulter legte.

»Wie geht es dir?«

Erst nach einer Weile streckte sich der Mann und ließ Wirbel für Wirbel seinen Rücken in die Senkrechte fahren. Als er dann endlich aufsah, war Lacroix erstaunt: Ja, es war der Mann aus dem Fernsehen, nur wirkte er in Wahrheit noch viel schlanker, und sein Gesicht, das Lacroix zuletzt bei der Übertragung der Australian Open gesehen hatte, war blass geworden. Tiefe Schatten lagen unter seinen Augen. Er sah erst Lacroix, dann Éric an und sagte leise: »Ich bin total leer.«

»Das versteh ich«, sagte Seignosse leise, und die Stimme des tatkräftigen Mannes war nun sorgenvoll und mitfühlend. Diese andere Seite an ihm war Lacroix immer beschrieben worden, und nun erlebte er sie persönlich: Die alte Tennislegende war auch ein Teamplayer. »Aber wir werden jetzt alles tun, damit du spielen ...«

»Na endlich«, rief eine laute Stimme voller Hektik, und ein großer Mann kam auf sie zugeeilt. Er blieb vor Lacroix stehen und maß ihn von oben bis unten. »Und Sie sind der Wunderbulle?«

Der Commissaire antwortete nicht, sondern wandte seinen Blick wieder dem Tennisspieler zu, während sich Éric Seignosse nervös räusperte und dann ausrief: »Monsieur Duc, Sie werden erstaunt sein, sage ich Ihnen. Das ist Commissaire Lacroix ... Monsieur, das ist Yannicks Vater – und auch sein Trainer.«

»Bonjour«, sagte Lacroix und reichte dem Trainer die Hand.

»Wir erzählen dem Commissaire gerade von dem Unglück, das Ihrem Sohn widerfahren ist.«

»Unglück?«, rief Duc, der Ältere, »na, Éric, so ist es aber nicht. Schon klar, dass du eure Anlage schützen willst, aber wir müssen die Dinge doch beim Namen nennen: Hier ist ein Verbrechen geschehen!«

»Bon ...«, sagte Lacroix ruhig. Je hektischer sein Gegenüber war, desto leichter fiel es ihm, seinen eigenen Atem zu beruhigen und seine Stimme zu senken. Und

dieser sportliche Vulkan hier kam ihm an diesem bisher recht unruhigen Tag gerade recht. »Vielleicht sollten Sie wirklich erst mal für mich zusammenfassen, was passiert ist. Dann wird es leichter, diese Sache aufzuklären.«

»Hast du es ihm noch nicht gesagt, Éric? Du bist doch schon ewig unterwegs.« Der Vater und Trainer in Personalunion machte ein wütendes Gesicht.

»Hm«, wollte Seignosse beginnen, doch Lacroix hatte genug und unterbrach den Mann.

»Sie sollten sich jetzt wirklich beruhigen, Monsieur Duc. Und mir erzählen, was geschehen ist. Ansonsten gehe ich wieder in mein ruhiges Büro und sehe mir das Match Ihres Sohnes im Fernsehen an.«

Die Drohung zeigte Wirkung. Der Trainer zwang sich sichtlich zur Ruhe, indem er sich neben seinen Schützling stellte und ihm nun seinerseits die Hand auf die Schulter legte.

»Das Match … Es wäre ja super, wenn es zum Match kommt.« Duc schüttelte den Kopf. Sein Sohn sah auf. Dann schüttelte er die Hand des Vaters ab, stand auf und sagte leise: »Kommen Sie, Commissaire, ich zeige es Ihnen.«

Lacroix folgte dem Spieler, die anderen beiden Männer gingen hinter ihnen.

»Das ist das Schöne an Roland-Garros«, sagte der junge Mann, »es ist ein ganz normales Tenniszentrum. Hier in dieser Umkleide haben alle Mitglieder des Pariser Vereins ihre Spinde, und zwar das ganze Jahr über. Und dann kommen immer einmal im Jahr noch die größten Tennisspieler der Welt dazu und kriegen auch einen ganz normalen Spind. Das …«, er zögerte, »das fühlt sich echt gut an. Weil wir ja ständig um die Welt reisen. Ein schrecklicher Zirkus. Aber wenn man dann hier nach Paris kommt … Klar, für mich ist das auch Heimat, ich hab hier begonnen zu spielen, aber diese Umkleide, die lässt einen fühlen, als würde man einfach nur ein Trainingsspielchen machen wie ein einfacher Amateur. Und das ist eben besonders.«

Sie standen nun vor einer der Spindreihen. Es gab obere und untere Schränke, pro Gang waren es sicher zweimal zwanzig, alle mit einem Vorhängeschloss mit Zahlencode versehen. Yannick Duc wies auf einen von ihnen.

»Mein Schrank, Commissaire. Nummer 56.« Es war der vierte Schrank vom Gang aus gezählt, in der oberen Reihe. So schön mahagonifarben wie die anderen, mit feinen Lamellen, ungefähr einen halben mal einen Meter groß. Im unteren Teil der Tür gab es runde Löcher – damit Luft an die Sportsachen kam und es hier nicht muffig roch, nahm Lacroix an. Ducs Spind wirkte ganz normal, das Vorhängeschloss hing dort und sah geschlossen aus. 0-0-0-0. Der klassische Zahlencode aller Kofferreisenden. Lacroix sah Yannick Duc fragend an.

»Ich hab den Spielern auf der Tour eines voraus«, sagte der Spieler, und seine Augen funkelten. »Zumindest hier in Paris. Wie gesagt: Das ist mein Zuhause, und ich habe auch hier auf dem Court Tennisspielen gelernt. Dieser Schrank ist meiner, seit ich acht Jahre alt bin. Damals bin ich hier oben nur mit ’nem Hocker rangekommen. Aber es war kein anderer frei damals, ich erinnere mich noch gut.«

»So, Junge«, sein Vater drängelte sich an Seignosse vorbei und stellte sich direkt neben den Sohn, »nun ist aber Schluss mit Anekdoten. Hier ist das Verbrechen geschehen. Die Tennistasche … Mach mal auf.« Er wies auf das Schloss, und Yannick rollte einmal beinahe unmerklich mit den Augen, wandte sich dann aber um und stellte seine Nummer ein. Es ging ganz schnell, das Schloss sprang auf, und Duc öffnete die Tür. Lacroix sah aus dem Augenwinkel die eingegebene Zahl, 2-9-0-2, dann blickte er ins Dunkel und stellte fest: Der Spind war leer. Das Gesicht des Spielers sprach Bände.

»Jemand will Yannick um den sicheren Sieg bringen.« Wieder die wütende Stimme des Vaters. »Das erste Mal, dass ein Franzose das Heimturnier gewinnen kann, nach fast vierzig Jahren. Und nun … nun steht alles auf der Kippe.«

Bevor Lacroix nachfragen konnte, sagte Yannick: »Meine Tasche war da drinnen, meine Tennistasche mit meinem Schläger, mit dem ich seit Langem meine wichtigen Matches bestreite …«

Der Commissaire kratzte sich am Kopf. »Aber ich dachte, bei einem Spieler wie Ihnen … Ich meine, Sie sind doch von den besten Firmen gesponsert, und Sie müssen Ihre Schläger doch ohnehin ständig wechseln …«

»Sie haben recht, Commissaire, aber das war noch nicht alles«, erwiderte Yannick. »Ich frage Sie: Sind Sie abergläubisch? Sicher nicht – ein so renommierter

Polizeibeamter … Ich bin nicht mehr viel in Frankreich, aber Éric hat uns über Ihre Erfolge in Kenntnis gesetzt, und natürlich bin ich sehr beeindruckt. Ich weiß nicht, ob es etwas gibt, was Sie brauchen, um gut arbeiten zu können …«

Lacroix dachte an seine Frau. Ja, dass er keinen Glücksbringer brauchte, lag wohl an ihr. Aber dann fiel ihm sein Hut ein, seine Pfeife – oh weh, wie schlimm es gewesen war in jenem Winter bei dem schwierigen Fall oben am Montmartre, als er seine Pfeife ständig im Schreibtisch vergessen hatte. Und, ach ja, seine stete Einkehr im Chai de l'Abbaye: Als der geschlossen hatte im letzten Jahr und Lacroix auf das Mittagessen dort verzichten musste, war es auch fast unmöglich gewesen, den Fall um den toten Bouquiniste abzuschließen. Also räusperte sich Lacroix und vermied es, das Thema Aberglaube weiter zu vertiefen. Ohnehin rissen Yannicks Worte ihn aus seinen Gedanken.

»Ich habe einen Glücksbringer, seit ich ein Kind bin. Und der … der Glücksbringer war in dieser Tasche. Und jetzt glaube ich … nein, ich glaube es nicht, ich bin mir ganz sicher, dass ich nicht gut spielen kann.«

»Die Tasche war in diesem Schrank?«

»Ja. Vorgestern war das Viertelfinale, das ich in drei Sätzen gewonnen habe. Es war sehr anstrengend, deshalb habe ich gestern einen Ruhetag eingelegt und nur abends kurz ein paar Bälle geschlagen. Anschließend habe ich die Tasche hier eingeschlossen.«

Lacroix sah sich um. »Das alles hier scheint mir sehr geschützt zu sein. Hier gibt es doch jede Menge Sicherheitsleute. Können Sie ausschließen, dass Sie die Tasche nicht irgendwo anders hingestellt haben? Vielleicht haben Sie sie vergessen? Sie sagen, Sie waren sehr erschöpft …«

»Mein Sohn vergisst doch seine Tasche nicht«, fuhr der Trainer auf, aber Yannick warf ihm einen bittenden Blick zu. Der Mann verstummte.

»Nein«, sagte der Spieler, »ich sehe noch genau vor mir, dass ich sie eingeschlossen habe und den Code wieder auf null gedreht. So wie ich es aus Tradition seit so vielen Jahren mache.«

»Was ist der Glücksbringer?«, fragte Lacroix.

»Ich habe mit elf mein erstes Turnier gewonnen«, sagte Yannick Duc, und seine Stimme kam nun von weit her, als wäre er mit seinen Gedanken wieder auf dem Platz, damals. »Kein kleines Kinderturnier, es war der Beginn meiner Karriere, die U14-Meisterschaft von ganz Frankreich. Lauter Scouts waren da, und als ich das Match gewonnen hatte, war klar, dass ich als Tennisspieler arbeiten kann, dass ich vielleicht wirklich meinen Traum leben und von dem Sport meinen Lebensunterhalt bestreiten kann. Mein Vater war damals schon mein Trainer. Er hat mir den Ball mitgegeben, den ich die ganze Zeit in meiner Tasche hatte. Einen ganz normalen Tennisball. Aber einen mit einer Geschichte.«

Nun übernahm der Vater, die Geschichte weiterzuerzählen, eine, die sie sicher schon oft auf launigen Familienfeiern zum Besten gegeben hatten.

»Es war der Ball, mit dem Yannick den allerersten

Return gespielt hatte. Damals war er vier. Ich habe dem Ball nachgesehen und nur den Kopf geschüttelt. Ich hatte keine Chance, ihn zu kriegen, so gut hat Yannick ihn geschlagen. Also habe ich den Ball aufgehoben und eingesteckt, keine Ahnung, es war eine Eingebung, ich wusste ja nicht, dass er einmal so gut werden würde. Und dann habe ich ihn Yannick bei diesem wichtigen Turnier gegeben.«

»Ich hatte ihn bis zum ersten Matchball in meiner Hosentasche, damit ihn kein Balljunge wegträgt. Und dann habe ich ihn herausgeholt, zum Aufschlag hochgeworfen und …«

Lacroix war gebannt von der Anspannung, die allein durch die Erinnerung im Raum lag.

»… dann hat Yannick ein Ass geschlagen – mit diesem Ball – und das Turnier gewonnen.«

»Kurz darauf wurde ich in die Junioren-Nationalmannschaft berufen. Und habe beim Europe Tennis Turnier gespielt. Den Ball habe ich seither nie wieder geschlagen. Er ist immer in meiner Tasche. Und er hat mich bis hierher geführt. Bis an die Spitze der Weltrangliste. Er ist … ja, er ist mehr als ein Glücksbringer. Und der Schläger in der Tasche hat mich zu meinem ersten Junior Davis Cup geführt, mit der französischen Mannschaft, in Barcelona war das. Mit dem Schläger spiele ich sogar noch ab und zu mal einen Satz.«

»Und nun sind Ihre Glücksbringer weg«, sagte Lacroix und runzelte die Stirn. »Aber glauben Sie nicht, Monsieur Duc, dass Sie mittlerweile längst wissen, wie gut Sie sind? Dass Sie trotzdem gewinnen können?«

»Sie verstehen also doch nicht, Commissaire«, sagte Yannick und ließ den Kopf hängen.

Sein Vater aber war wieder so angriffslustig wie zuvor: »Es ist, als hätte ihm jemand seine Selbstsicherheit gestohlen. Er … wer macht denn so was? Wer tut einem nationalen Star so etwas an?«

»Können Sie … bitte …« Yannick sprach nicht weiter.

»Das werden wir herausfinden, Messieurs«, sagte Lacroix entschieden, »wir werden Ihren Ball wiederfinden. Sagen Sie, wie oft haben Sie den Schrank nun schon geöffnet seit dem Morgen?«

»Na ja, ich habe ihn vorhin, als ich zum frühen Training kam, aufgemacht und gesehen, dass alles gestohlen war.«

»Und dann?«

»Dann habe ich sofort meinen Vater gerufen, und der hat Éric verständigt. Ich glaube, Éric, du hast dann noch mal in den Schrank geschaut.«

»Genau. Nur um mich zu vergewissern. Ich habe dir natürlich geglaubt, Yannick, aber ich wollte keine Pferde scheu machen. Ich habe mich dann beim Sicherheitschef von Roland-Garros gemeldet, der wiederum sofort Arnaud Mercier am Quai angerufen hat. Und dann bin ich zu Ihnen ins Bistro gefahren.«

»Gut, er wurde also zweimal geöffnet. Und Sie haben den Schrank dann wieder verschlossen, Monsieur Duc?«

Der Tennisspieler nickte.

»Gibt es eine Videoüberwachung?«, fragte Lacroix zögerlich, weil die Frage allzu nahelag.

»Nicht hier in der Umkleide«, antwortete Éric Seignosse. »Aber es gibt eine Kamera in dem Tunnel, den wir eben durchquert haben, jenen, den die Spieler in Richtung Court Central nehmen. Wir haben natürlich die Kamera überprüft, bevor wir Sie gerufen haben, Commissaire. Aber da war nichts Ungewöhnliches zu sehen, nur die Spieler des Turniers – und keiner trug die sehr auffällige Tasche mit dem Logo von Yannicks Sponsoren.«

»Ist das der einzige Ausgang?«

»Nein, es gibt noch den für die ganz normalen Mitglieder des Vereins, wenn sie zu den Trainingsplätzen gehen.«

»Und dort gibt es keine Überwachung?«, fragte Lacroix.

Éric Seignosse senkte den Kopf. »Manche im Verein wollten dort Kameras installieren lassen. Aber bei der Mitgliederversammlung wurde der Vorstoß abgelehnt.«

»Wirklich? Warum das denn? Es dient doch der Sicherheit.«

»Ach, Commissaire, wir sind der exklusivste Tennisclub von ganz Frankreich. Und wenn ein bedeutender Industrieboss morgens mit seiner Flamme eine Partie spielen will, dann hat der kein Interesse daran, dass es davon Bilder gibt, die eventuell seiner Frau in die Hände fallen könnten. Beantwortet das Ihre Frage?«

Lacroix lächelte sanft. Es war erstaunlich, wie viel sich in Frankreich Tag für Tag um die Liebe und ihre Nebenschauplätze drehte.

»In Ordnung. Wir müssen uns die Aufnahmen ansehen, die es gibt. Die Tennistasche kann ja auch in einer anderen Tasche verstaut worden sein.«

»Natürlich, Commissaire. Ich lasse die Bilder in Ihr Büro senden?«

»*Merci.* Und ich brauche eine Mitgliederliste mit Fotos, damit wir abgleichen können, wer ein- und ausgegangen ist.«

Éric Seignosse verzog das Gesicht. »Diese Daten sind sehr vertraulich. Aber ich werde sehen, was ich machen kann.«

»Gut. Dann werde ich jetzt die Spurensicherung rufen, und Sie müssten uns bitte beide erlauben, dass wir Fingerabdrücke von Ihnen nehmen. Die werden natürlich in keiner Akte auftauchen, wir brauchen sie nur, um Ihre Fingerabdrücke von denen Fremder zu unterscheiden. Und um zu sehen, ob der Täter seine hinterlassen hat.«

»Natürlich, Commissaire«, sagte Éric Seignosse, und auch Yannick nickte.

»Ihr Ausrüster hat den Code nicht?«, fragte Lacroix. »Um zum Beispiel neue Schläger in die Tasche zu legen oder die alten neu zu bespannen?«

»Nein, Commissaire«, erwiderte Yannick Duc. »Das machen die erst, wenn ich auf dem Platz stehe. Aber mir reichen drei oder vier Schläger pro Turnier, ich bin keiner, der seine Schläger auf den Platz donnert und damit zerschmettert.«

»Nein«, fauchte der Trainervater, »Du bist ja nicht dieser verdammte …«

»Papa, jetzt hör aber auf.« Yannick hatte ihn richtig angefahren. Lacroix war erstaunt.

»Warum soll ich nicht darüber reden? Du weißt doch, dass er kein ehrbarer Mann ist.«

»Können Sie mich vielleicht ins Bild setzen?«

»Es gibt …«

»Papa, jetzt hör aber auf …«

»Es gibt da diesen Tennisspieler«, fuhr Monsieur Duc ungerührt fort, »der auch zum ersten Mal dieses Turnier gewinnen will. Er ist so alt wie Yannick, er ist gut, ohne Frage, aber er ist von ganz anderem Temperament. Yannick ist ein echter Sportsmann, ein Spieler, dem Fair Play über alles geht, aber diesem … ja, man muss es so sagen: diesem Schurken … wäre jedes Mittel recht, um hier zu gewinnen. Und er weiß, dass er im Finale auf Yannick treffen würde und gegen ihn keine Chance hätte. Also will er, dass Yannick gar nicht erst ins Finale kommt. Damit er gegen den Italiener ganz leicht den Pokal holen kann.«

»Sie reden von …«

»Von Cveto natürlich. Cveto Nikolic. Der *mauvais garçon* der ganzen Tour.«

»Aber Monsieur Duc«, sagte Éric ruhig, »ich glaube nicht, dass Sie jetzt hier Beschuldigungen anstellen sollten, die Sie nicht beweisen können.«

»Na, wer hatte denn Zugang zu diesen Schränken, hm, Éric? Wer kommt hier rein – und wer hat vor allem ein Motiv, Yannick seinen Glücksbringer zu klauen? Sag schon.«

Die alte Tennislegende sah zwischen dem Trainer und Lacroix hin und her und zuckte die Schultern. Er wirkte geknickt. »Es stimmt schon, Monsieur Nikolic ist ein *mauvais garçon*. Es gab immer wieder Probleme, manchmal pfeffert er seinen Schläger auf den Platz oder beschimpft den Schiedsrichter, dann wieder kommt er besoffen auf den Court, weil er die Nacht durchgefeiert hat. Aber so was … ein Diebstahl? Ich … ich weiß nicht.«

»Sie müssen mit ihm reden, Commissaire. Ich bin mir absolut sicher, dass er es war. Reden Sie mit ihm und appellieren Sie an seinen Sportsgeist – wenn er so etwas überhaupt hat.« Monsieur Duc klang felsenfest überzeugt von Nikolics Schuld.

Éric Seignosse sagte leiser: »Na ja, Commissaire, schaden kann es sicher nicht. Aber ich bitte Sie, machen Sie es so, dass niemand etwas mitbekommt. Wenn das rauskommt, dann … das wäre eine Katastrophe für Roland-Garros.«

»Ich verspreche, ich werde die Sache so diskret behandeln wie nur möglich. Können Sie mir ein Gespräch mit Monsieur Nikolic verschaffen?«

Éric Seignosse sah auf seine sichtlich teure Armbanduhr. »Er hat gleich eine Pressekonferenz, danach stelle ich Sie ihm vor. *D'accord?*«

»Sehr gut. Und haben Sie ein Handy für mich?«

»Ja … aber natürlich.« Seignosse sah erst verwirrt drein, dann nahm er das Telefon aus der Tasche und reichte es dem Commissaire.

»Nein«, erwiderte der und hielt das moderne Gerät in der Hand von sich weg, als hätte er sich daran verbrannt. »Ich kann damit nicht umgehen. Können Sie bitte eine Nummer wählen? Ich habe sie im Kopf.«

Er reichte das Gerät wieder der Tennislegende und sagte die Nummer an, während der Mann wählte. Dann reichte Seignosse das Handy wieder Lacroix. Als der es ans Ohr hielt, war da schon die tiefe, alt klingende Stimme zu hören.

»Ja?«

»Docteur Obert, hier ist Lacroix.«

»Was für eine Nummer ist das?«

»Nur jene von Éric Seignosse, aber Sie müssen mir versprechen, dass Sie sie gleich wieder löschen.«

»Seignosse, der Tennisstar? Na, Lacroix, die lösche ich bestimmt nie wieder. Ich wollte schon immer mal mit ihm trainieren. Ich bin nämlich ein verkannter Boris Becker.«

»Sind Sie auch ständig pleite, Docteur?«

»*Touché*, Commissaire. Was gibt es denn?«

»Sie können Seignosse sogar kennenlernen. Wann können Sie bei Roland-Garros sein? Und bringen Sie bitte Ihr Köfferchen mit. Ich habe ein Fingerabdruck-Problem, aber wir können hier keine Männer von der Spurensicherung in weißen Anzügen gebrauchen.«

»Ich bin auf dem Weg. Aber Sie wissen ja, der *périphérique* ist um diese Zeit das totale *bordel*. Eine Stunde brauche ich sicher.«

»Wir erwarten Sie hier, Docteur. Bis gleich.«

Er legte auf, dann gab er Éric Seignosse das Gerät zurück. »Der beste Gerichtsmediziner Frankreichs will mit Ihnen Tennis spielen.«

»Wenn er uns helfen kann, spiele ich jede Woche gegen ihn, versprochen.«

»Sagen Sie es ihm nicht. Gut möglich, dass er Sie beim Wort nimmt.«

4

Meinen Sie, Sie können meine Tasche finden?«, fragte der junge Spieler.

Lacroix kratzte sich am Kopf und sah von Yannick Duc zu Éric Seignosse und wieder zurück. »Es gibt keinen Anhaltspunkt, bisher zumindest. Und ich habe nicht viel Zeit. Aber ich werde mein Bestes tun.«

»Danke, Commissaire.«

»Und Sie werden jetzt weitertrainieren?«

»Ich werde kurz ins Hotel gehen und mich etwas ausruhen. Das letzte Training vorm Halbfinale ist erst am Nachmittag.«

»Ich dachte, Sie wohnen in Paris?«

»Nein, das ist eine Behauptung, die die Medien immer aufstellen, weil sie sich so sehnlich einen Lokalpatrioten wünschen.« Duc zog die linke Augenbraue hoch. »Ich wohne, wie so viele meiner Sportlerkollegen, in Monaco. Sie wissen schon …«

Ja, Lacroix wusste, warum – wegen der Steuer. Wer so viel verdiente, wollte nicht gar so viel davon abgeben.

»Mein Vater hat noch eine Wohnung in Paris, deshalb bin ich bei ihm, wenn ich hier zu Besuch bin. Aber bei großen Turnieren schlafe ich immer im Hotel, meistens im Crillon. Bei ihm wäre es mir zu eng, und der Druck … na ja, Sie können es sich ja vorstellen, Sie haben Papa ja kennengelernt.«

Als er *Papa* sagte, musste Lacroix kurz stutzen. Es war einfach eine zu merkwürdige Formulierung dieses berühmten jungen Mannes für den cholerischen Erzeuger, den Lacroix vorhin kennengelernt hatte.

»Aber ursprünglich sind Sie aus Paris?«

»Ja, ich bin sogar hier am Bois de Boulogne aufgewachsen. Mein Vater war ein guter Spieler, aber für eine Karriere mit internationalen Turnieren hat es nie gereicht. Doch er war im Verband und hat später begonnen, mich zu trainieren. Also hatten wir unser Auskommen. Ich spiele, seit ich klein bin, auf dem Gelände von Roland-Garros. Hier hat für mich wirklich alles begonnen. Deshalb lasse ich es so stehen, wenn die Zeitungen vom Lokalpatrioten schreiben, denn irgendwie stimmt es ja.«

Lacroix sah den Fotografen zu spät, nämlich erst in dem Moment, als der Blitz aufflammte und sie alle in seine Richtung sahen.

»Hey, Monsieur«, rief Seignosse und wollte auf den Mann zugehen, der zwanzig Meter von ihnen entfernt gestanden hatte, doch der war schon auf und davon. *»Merde«*, flüsterte die Tennislegende. »War doch nur ein Bild«, sagte Yannick Duc. »Es weiß ja keiner, warum der Commissaire hier ist.«

»Stimmt«, erwiderte Seignosse, und Lacroix gab ihnen innerlich recht. Auch wenn er Fotos seiner Person gar nicht gerne sah.

»Dann wünsche ich Ihnen ein gutes Ausruhen, Monsieur Duc. Ich melde mich bei Monsieur Seignosse, sobald ich etwas herausgefunden habe.«

Der junge Mann ging über den bewachsenen Weg durch den Park von Roland-Garros davon. Sicher wartete draußen wieder eine dunkle Limousine, die ihn ins Stadtzentrum und in sein Nobelhotel bringen würde.

»Kommen Sie, da vorne müssen wir entlang.« Sie verließen den gesicherten Bereich, der den Spielern vorbehalten war, und gingen vorbei an einem kleinen Haus mit Spitzdach und braunen Balken, das aussah wie eine Jagdhütte.

»Waren Sie schon einmal hier?«, fragte Seignosse.

»Nein, was ist das?«

»Das Tenniseum. Ein Wortspiel von Museum. Hier wird an die Anfänge des Tennissports in Frankreich erinnert – und auch meine Erfolge werden hier gewürdigt, allerdings kommt es mir, wenn ich durch die Gänge streife und die alten Fotos ansehe, immer so vor, als wäre ich im Mittelalter geboren – so lange ist das alles her.«

»Ich fühle mit Ihnen und kann mir bestens vorstellen, was Sie meinen. Mein Büro liegt über dem Museum der Pariser Polizeigeschichte.«

Die beiden Männer lachten herzlich, dann führte Seignosse den Commissaire weiter in ein modernes Gebäude, das mit der Aufschrift *Centre de presse* versehen war. Offenbar lief die Pressekonferenz schon, denn draußen standen nur zwei rauchende und telefonierende Journalisten, der Fotograf von vorhin war nicht zu entdecken.

Sie betraten einen Saal, in dem die Kameras klickten. Lacroix sah zuerst Dutzende Pressevertreter, die auf ihren Stühlen saßen, und dann, dort vorne auf dem Podium, vor einer Tafel mit den Namen der unzähligen Sponsoren, einen jungen Mann, offenbar der Moderator, und neben ihm den Spieler, den er bereits aus dem Fernsehen kannte. Er sah älter aus, viel älter als Yannick Duc, und war ja auch schon viel länger dabei.

Lacroix dachte nach, was er über Cveto Nikolic wusste: Unter den zehn besten Spielern der Welt, hatte der Serbe schon einige große Turniere gewonnen. Gerade erst hatte er das Turnier in Turin gewonnen. Dominique, die Tennis wirklich liebte, hatte Lacroix davon erzählt, und er hatte es auch im *Figaro* gelesen. Auch da hatten sie etwas geschrieben vom *mauvais garçon* des Tennis. Eine Formulierung, die Lacroix reichlich dämlich gefunden hatte. Aber so war es eben mit den Beschreibungen der schlagzeilenabhängigen Blätter – mit einem anschaulichen Namen verkaufte sich alles besser. Und Nikolic hatte einiges für seinen Ruf getan: mit ständig wechselnden Liebschaften, viel Präsenz im Internet und sehr starken Ferrari-Boliden, die er stets in Szene setzte. Aber er war auch ein Liebling der Journalisten, und Lacroix verstand in diesem Moment, warum: Der Mann da vorne auf dem Podium, der mit seinen langen dunkelbraunen Haaren und den lachenden blauen Augen wie ein Surfer aussah, schien Spaß zu verstehen und auch selbst für Spaß zu sorgen. Er lachte ständig laut auf und radebrechte auf Französisch so komisch herum, dass die Journalisten immer wieder in Gelächter ausbrachen. Und er sorgte für neue Schlagzeilen, als ein Journalist ihn fragte:

»Monsieur Nikolic, Sie kennen Ihren Gegner ja schon bestens und wissen, wie stark er an der Grundlinie ist. Da hatten Sie zuletzt Schwierigkeiten. Ist Hoellerer im Halbfinale der Favorit?«

Erst lachte der Serbe, dann zog er eine Augenbraue hoch und sagte: »Na ja, beim letzten Match … Wo war das? Ein Turnier in Genf? … Da ging es doch um nichts. Da hab ich den lieben Roger in Sicherheit wiegen wollen. Er ist ja nun nicht mehr der Schnellste, deshalb muss er so gut an der Grundlinie sein. Aber heute werde ich ihn ein bissl laufen lassen – und dann sehen wir mal, wie es am Ende steht. Ich würde mal tippen: 6:2 für mich. Und was denken Sie?«

Beim 6:2 reckte Nikolic die Finger in die Höhe. Die Kameras klickten, und die Blitzlichter zuckten auf. Tennis war immer noch ein Sport für Gentlemen, und solche offenen Angriffe waren eigentlich weder üblich noch statthaft. Aber gerade deshalb dürsteten die Journalisten nach etwas Puls.

»Monsieur Nikolic«, rief der alte Sportjournalist vom Fernsehsender *France 2*, den Lacroix sofort erkannte, »im anderen Halbfinale spielt der Publikumsliebling Yannick Duc gegen Altretagio, das Ergebnis scheint sicher, mein Landsmann ist klarer Favorit. Duc ist gerade in bestechender Form – selbst, wenn Sie heute gewinnen: Wie wollen Sie gegen ihn eine Chance haben?«

Der Serbe räusperte sich einmal laut ins Mikrophon. Erst wirkte es, als hätte er einen Frosch im Hals, aber als er dann aufsah und sich noch einmal räusperte, legte sich eine Ruhe über die Journalisten, denn allen war klar: Jetzt kam der nächste Aufschlag, die nächste Schlagzeile. Und Nikolic schürte die Erwartungen nicht zu Unrecht:

»Ich weiß, liebe Reporter, ich bin hier zu Gast, und wir sind auf eurem Territorium. Ich liebe Frankreich … aber ganz im Ernst: Euer Heldenepos über Yannick, das ist total übertrieben. Der ist ein guter Junge, echt, ich mag ihn. Auch wenn er nie mitgekommen ist, wenn ich ihn in Australien zum Trinken eingeladen habe – er muss immer so früh ins Bett. Und sein Tennis: Na ja, es ist keine große Herausforderung. Außerdem habe ich ihn heute Morgen trainieren gesehen, und da hat er jeden Ball verschlagen. Also: Wenn das eine bestechende Form ist, dann ist meine Oma auch in bestechender Form – und die ist einundneunzig.«

Schon während seiner Antwort waren besonders jene Reporter in lautes Lachen ausgebrochen, die nicht aus Frankreich stammten, was die Lokalpatrioten unter den Journalisten mit wütenden »Ruhe«-Rufen quittierten. Lacroix und Seignosse sahen wie gebannt zu bei diesem Theaterstück. Der Serbe sagte noch:

»Und jetzt muss ich ein Nickerchen halten, *merci* euch allen.« Dann erhob er sich, ging ums Podium herum und stellte sich dort noch einmal auf, die Daumen nach oben gereckt, als hätte er schon gewonnen. Er war wirklich wie gemacht für diese Showwelt.

Die Tennislegende und der Commissaire drängelten sich durch die Menge der hinausströmenden Journalisten nach vorne zum Podium, und Lacroix stellte sich dem Mann in den Weg.

»Wollen Sie 'n Autogramm, Monsieur?« Der Serbe lächelte jetzt nicht mehr, die Presse war weg, der Spaß vorbei.

»Nicht ganz«, erwiderte Lacroix und hielt seinen Ausweis hoch. »Police judiciaire de Paris.«

»Oh, habe ich etwa falsch geparkt?« Er sah den Mann neben Lacroix an. »Hey, Éric, was ist denn los?«

»Können wir mit Ihnen sprechen, Monsieur Nikolic?«

»Was?« Er sah den Polizisten misstrauisch an. »Wieso denn?«

»Gehen wir doch ein Stück.« Lacroix wollte die Sache nicht hier drinnen besprechen, wo die Wände Ohren hatten.

»Éric?« Nikolic wiederholte seine Frage.

»Cveto«, sagte der Ältere bittend, »der Mann ist Commissaire, und wir ermitteln in einer Angelegenheit, die Yannick betrifft.«

»Ist ihm was passiert?«

»Wie kommen Sie darauf?«, fragte Lacroix schnell.

»Na, Sie stehen hier und ...«, der Mann brach ab. Er war ungemein vorsichtig. Der Entertainer von eben war einem reservierten Weltstar gewichen.

»Nein, ihm ist nicht direkt etwas passiert«, sagte Seignosse, »aber wir haben ein Problem: Es ist etwas gestohlen worden, was ihm gehörte ...«

»Und da kommt ihr zu mir, weil ihr denkt: Es ist was geklaut worden, da werden wir doch mal den Jungen vom Balkan befragen, oder was?« Cveto Nikolic sah sich um, als wäre er noch auf einer Bühne, dann verschränkte er die Arme vor der Brust. Ihm war anzusehen, dass er wütend war.

»Nein, Cveto, wo denkst du hin? Wir haben nur eine Frage oder …«

»Hey, Éric.« Nikolic holte aus und drückte der Tennislegende seinen Finger auf die Brust. »Vergiss es. Ich habe solchen Scheiß schon oft genug erlebt. Einmal *mauvais garçon*, immer *mauvais garçon*. Ich bin zu Gast in diesem Land, und ich spiele heute Abend ein wichtiges Match. Wenn es von Bedeutung ist, dann müsst ihr mich schon vorladen. Dann hol ich erst 'nen Anwalt und dann den Botschafter. Ich bin nämlich kein Franzose. Verstanden, Commissaire? Und jetzt entschuldigt mich. Ich muss mich ausruhen.«

Und bevor Lacroix oder Seignosse etwas erwidern konnten, griff der Mann seine Trinkflasche und verschwand aus dem Presseraum. Die beiden Männer sahen ihm nach.

»Das tut mir leid, Commissaire. Ich dachte, dass es vielleicht kompliziert wird, aber dass er so bärbeißig ist …«

»Na, macht ja nichts. Keine Antwort ist auch eine Antwort.«

»Meinen Sie, er weiß etwas?«

»Jedenfalls hat er sich nicht unverdächtiger gemacht. Ich werde mal mit Arnaud sprechen, ob wir ihn wirklich vorladen können. Aber ich fürchte, für einen Tennisball wird sich der Präfekt nicht mit dem Botschafter von Serbien anlegen wollen.«

»Das befürchte ich auch. Was wollen Sie dann tun?«

»Nun sehen wir erst mal, ob unser Mann von der Spurensicherung schon da ist.«

Sie verließen das Pressezentrum und gingen am Museum vorbei, dann waren sie wieder in dem Bereich der Spieler. Das Absperrband war verschwunden. Offenbar waren die Sicherheitsvorkehrungen zurückgefahren worden.

»Commissaire Maigret und der Boris Becker Frankreichs, na das ist ja ein heiteres Zusammensein.«

Lacroix wandte sich um und räusperte sich betreten. Doch Docteur Obert, die Ikone der Pariser Gerichtsmedizin, lächelte so freundlich, dass der Commissaire gar nicht sauer auf ihn sein konnte.

»Das war doch nur ein Scherz«, er streckte die Hand aus, »Monsieur Seignosse, wenn Sie gestatten: Ich war ein Riesenfan.«

»O ja, *war* haben Sie schön gesagt, es ist wirklich viel zu lange her. Gab es damals schon Farbfernsehen?«

»Ich habe Sie jedenfalls sehr farbig in Erinnerung«, erwiderte der Arzt.

»Darf ich vorstellen?«, sagte Lacroix. »Docteur Obert, der Leiter des Institut médico-légal, draußen in Bercy. Monsieur Seignosse brauche ich Ihnen ja nicht vorzustellen.«

»Und ich soll jetzt mal schauen, ob wir einen schönen Fingerabdruck finden, der uns in welchem Fall genau weiterbringt?«

Lacroix fasste den Docteur bei der Schulter und führte ihn in Richtung der Umkleiden.

»Nun, eigentlich, Sie neugieriger Gesell, sollte ich Sie

auf die Folter spannen – aber damit Sie sich bei der Recherche beeilen, werde ich Sie besser mal einweihen.«

Als Lacroix seinen Bericht beendet hatte, sah ihn Obert mit weit aufgerissenen Augen an.

»Na, das ist ja mal eine Geschichte, wie ich sie in all meinen Berufsjahren noch nicht gehört habe. Aber Sie haben Glück, *mon cher commissaire*, ich als riesiger Tennisfan werde mich gleich an die Arbeit machen, schließlich geht es um den Sieg meines französischen Idols – nach Ihnen natürlich, Monsieur Seignosse.«

»Schon gut«, erwiderte der lächelnd.

»Dieser Spind ist es«, sagte Lacroix und wies auf den Schrank von Yannick Duc. Er blickte noch einmal auf das Schloss. Die Zahlen waren wieder auf 0-0-0-0 gestellt, und er erinnerte sich an die Kombination, die er vorhin kurz gesehen hatte. 2-9-0-2. War sie zufällig gewählt oder hatte sie irgendeine Bedeutung? »Kann ich zurück ins Kommissariat fahren oder brauchen Sie mich hier?«, fragte er Obert.

»Ach, Commissaire«, erwiderte der Gerichtsmediziner, »das schaffe ich gerade noch so. Sehen Sie zu, dass Sie Land gewinnen.« Dann öffnete er sein schwarzes Köfferchen und entnahm ihm ein Paar blaue Plastikhandschuhe, eine Dose Puder und ein Pinselchen, als machte er sich für eine Aufgabe als Maskenbildner bereit.

5

Genau in dem Moment, in dem Lacroix im Hôtel de Police die Treppe nahm, traten zwei Uniformierte aus dem Museum. Sie blieben abrupt stehen, als sie den Commissaire sahen, der freundlich nickte.

»Ähm«, sagte der Ältere der beiden, »verzeihen Sie, sind Sie der Polizist, den alle in Paris ›Maigret‹ nennen?«

Lacroix machte sich auf einen Scherz gefasst und sagte mürrisch: »Ich bin Commissaire Lacroix, und ich weiß nicht, wovon Sie reden. Wer sind Sie?«

»Wir sind aus der Auvergne und auf Fortbildung in Paris. Sie wissen ja, wann immer *flics* vom Land in die große Stadt kommen, ist das Museum hier ein Pflichtbesuch, aber dass wir ausgerechnet Sie hier treffen …«

Nun mischte sich auch der Jüngere ein und sagte: »Wir wollten Ihnen nur sagen, dass wir diese Kampagne gegen Sie schrecklich finden. Wir haben das heute sogar in der Fortbildung diskutiert. Natürlich … ich meine, natürlich können Sie weiterarbeiten, wenn Ihre Frau … Sie müssen sogar.«

Lacroix musste sie überrascht angesehen haben, doch dann verzog sich sein Mund zu einem Lächeln.

»Ich danke Ihnen. Das … das bedeutet mir viel«, sagte er nicht ohne eine gewisse Rührung. »Genießen Sie Paris – und wenn es mir hier zu viel wird, dann komme ich einfach zu Ihnen und ermittle in der Auvergne, einverstanden?«

»Sie sind uns immer willkommen, Commissaire«, sagte der Ältere, und der Jüngere fügte hinzu: »Es wäre uns eine Ehre.«

Lacroix stieg auf einmal reichlich gut gelaunt die letzten Treppenstufen hinauf, und als er im dritten Stock angekommen war, sah er, dass Rio und Paganelli auf dem Schreibtisch der Capitaine saßen und lachten.

»Oh, Commissaire«, rief Jade Rio, als sie ihn sah, und stand sofort auf. Sie hatte wohl nicht so früh mit ihm gerechnet. »Wie war es?«

»Ach, ich werde wohl bald in der Auvergne arbeiten.«

»Was?«, fragten Rio und Paganelli wie im Chor.

»Nur ein Scherz«, sagte Lacroix und fragte dann ernster: »Und? Ist alles bereit?«

»Alles bereit«, sagte Rio. »Und wegen Roland-Garros: Wir machen uns gleich dran, wenn Sie uns endlich sagen, worum es da eigentlich geht …«

»Wie war es denn bei den oberen Zehntausend?«, fragte Paganelli und rümpfte die Nase. Für den jungen Korsen war der ganze Zirkus der Pariser Schickeria ein Graus. Und Tennis war für den jungen Mann aus einfachen Verhältnissen ein Reichensport – ob das im Einzelfall nun zutraf oder nicht.

»Es war … nun ja, interessant.«

»Ist es denn ein Fall?«, fragte Rio voller Spannung.

»Hm, ich denke schon. Auch wenn ich glaube, dass Sie mich gleich auslachen werden, wenn ich Ihnen sage, was passiert ist.«

»Was ist denn passiert?«

»Ein Ball wurde gestohlen.«

»Ein Ball?«, fuhr Paganelli auf. »Der Quai des Orfèvres lässt unseren berühmtesten Commissaire rufen, weil ein Tennisball gestohlen wurde? Ich glaube, mein Schwein pfeift.«

»Nun, ich habe leider auch keine Ahnung, wo der Ball geblieben ist. Ich werde mir das nachher noch mal anschauen, aber das Match …«, er sah auf die Uhr an der Wand, »… ist in zwei Stunden, viel Zeit habe ich also nicht mehr.«

»Können wir Ihnen irgendwie helfen?«

»Vielen Dank, Capitaine. Aber Sie helfen mir heute schon genug. Das Tennisproblem werde ich allein lösen.«

»Sagen Sie einfach Bescheid, wenn wir doch was tun können.«

Lacroix nickte und nahm den Hörer von dem Telefon ab, das auf Rios Schreibtisch stand. Die beiden Beamten entfernten sich diskret. Nach wenigen Sekunden wurde abgehoben.

»Rathaus des Siebten, Büro der Bürgermeisterin …«

»Véronique, hier ist …«

»Commissaire Lacroix, welch Freude. Ich kann Ihnen sagen, die Telefone hier stehen nicht still. Und keiner will was zu Madame Lacroix wissen, alle fragen nur, ob Sie in Ruhestand gehen, wenn sie gewinnt. Also, ich werde mein Abo vom *Parisien* morgen kündigen. Solche Schmierfinken …«

»Danke, Véronique. Sagen Sie, ist meine Frau da?«

»Und ich quatsche Sie hier voll, verzeihen Sie, Commissaire. Sie ist eben reingekommen, sie hatte ein Treffen in einer Obdachlosenunterkunft, und nun hat sie gleich noch einen Telefontermin, aber … ich stell Sie durch.«

Es piepte, dann hörte er ihre fröhliche Stimme:

»Und, *mon commissaire*?«

»Salut, Dominique«, entgegnete er.

»Oh, du klingst ja viel besser als heute früh. Ich war wirklich in Sorge …«

»Alles wird gut, *ma chère*, und verzeih bitte, dass ich heute Morgen so gejammert habe.«

»Ach, bitte …«

»Ich mach's aber wieder gut. Hast du heute Abend eine Wahlkampfveranstaltung? Ich komm mit deinen Terminen immer durcheinander.«

»Nein, *mon cher*, heute bin ich frei. Morgen ist das große Meeting an der Bastille. Ich freue mich auf einen sehr ruhigen Abend mit dem neuen Houellebecq und einem Glas Rotwein …«

»Da muss ich dich enttäuschen«, sagte Lacroix bestimmt, aber er legte ein Lächeln in seine Stimme. Er hatte sie lange nicht mehr mit einer solchen Veranstaltung überrascht. Normalerweise mied er hoch angebundene Schaulaufen dieser Art. »Du wirst dich in Schale werfen und wirst nachher mit einem Glas Champagner in der Hand von der Ehrenloge aus das Halbfinale von Roland-Garros verfolgen.«

»Was werd' ich? Das … das Halbfinale? Mit Yannick Duc? Hast du jemanden ausgeraubt und die Tickets gestohlen? Das ist doch seit Ewigkeiten ausverkauft. Ich … ich konnte nicht mal Ehrentickets kriegen, sagt Véronique, dabei hätte ich dich so gerne überrascht.«

»Na, sagen wir mal: Yannick braucht meine Hilfe. Und deswegen sind wir heute Abend beim Match dabei.«

»Bon«, er hörte, wie sie nachdachte, »das sind nur noch knapp zwei Stunden, ich bringe schnell meinen Termin hinter mich, und dann holst du mich hier ab, einverstanden?«

»Bis gleich, *ma chère.*«

»Bis gleich – und, *mon commissaire*?«

»Hm?«

»Das ist wirklich eine schöne Überraschung. Ich danke dir.«

Als sie aufgelegt hatten, sagte Lacroix zu Rio: »Ach, vielleicht können Sie doch etwas für mich tun.«

»Ja?« Sie sah ihn erwartungsvoll an.

»Können Sie einmal nachsehen, wann Monsieur Duc Geburtstag hat? Sie wissen ja, das Internet und ich, wir stehen auf Kriegsfuß miteinander.«

»Natürlich, Commissaire.«

Er sah, wie sie etwas in die Tasten tippte, es dauerte nicht mal zehn Sekunden, und wie immer war er überrascht und abgestoßen gleichermaßen, wie etwas so Kompliziertes das Leben derart vereinfachen konnte.

»Yannick Duc ist Sternzeichen Fische, er hat am 18. März Geburtstag.«

»Hm, gut, danke.« Lacroix wollte sich abwenden, hielt dann aber inne. »Ach, und sein Vater?«

Rio sah kurz zu ihm auf, dann blickte sie wieder auf den Bildschirm. Diesmal musste sie nur einmal klicken, schon hatte sie eine Antwort:

»Albert Duc, französischer Vizemeister im Amateurtennis, geboren in Paris am 27. September 1969.«

»Das passt also auch nicht. Gut. Dann schauen Sie bitte einmal im Internet nach, ob Sie irgendwas finden, was Cveto Nikolic belastet. In der Vergangenheit, meine ich. Ob er einem Konkurrenten mal eins mitgegeben hat.«

»Sie meinen, so wie die Eiskunstläuferin, die ihrer Konkurrentin mit der Eisenstange die Beine gebrochen hat?«

»Nein, kein Verbrechen, das wüssten wir. Eher schlechtes Verhalten. Ein richtig übler Scherz.«

»Gut, das mache ich.«

»Haben Sie vielen Dank, Capitaine.«

Lacroix nickte seinen Untergebenen zu und verschwand in seinem Büro. Er setzte sich an seinen Schreibtisch. Ihm war, als wäre er ewig nicht mehr hier gewesen. Er richtete den Blick auf die leere Glasscheibe, an der sonst die Fotos von Verdächtigen und Zeugen hingen. In diesem Fall brauchte er keine Fotos. Er musste einfach nur nachdenken. Ganz in Ruhe nachdenken.

6

Diesmal hatte er ausnahmsweise ein Taxi genommen. Der Fahrer war ein wortkarger Marokkaner oder Tunesier, der so fuhr wie Rio, wenn sie den Zivilwagen mal wieder in engen Kurven und mit gemeingefährlichen Wendemanövern über die Busspuren der Stadt preschen ließ.

Deshalb hatte es keine fünf Minuten gedauert, bis das Taxi halb auf dem Bürgersteig der Rue de Grenelle zum Stehen kam, genau vorm Rathaus des Siebten, Halteverbot hin oder her.

Doch Dominique musste nicht dreimal gebeten werden. Sie hatte in der Pförtnerloge gewartet – Madame Lacroix schätzte alle ihre Angestellten, egal ob Concierge oder stellvertretender Bürgermeister – und kam nun rasch heraus, öffnete die Tür und stieg zu ihm ein.

»Salut, *mon commissaire.*«

»Salut, *ma chère*«, erwiderte Lacroix. »Zum Bois de Boulogne, Roland-Garros, *s'il vous plaît.*«

»Geht los«, sagte der Mann und scherte sofort aus, sodass der nachfolgende Bus ein wütendes Hupen ertönen ließ.

»Wäre schön, wenn wir lebend ankommen«, murmelte Lacroix. Er wünschte sich wieder in den gemächlich dahinzuckelnden Bus von vorhin zurück. Doch als

Dominique nach seiner Hand griff und sie ganz leicht in ihrer hielt, beruhigte er sich sofort.

»So, und nun erzähl mir doch mal, wie wir zu der Ehre kommen, Frankreichs größtes Tennistalent seit René Lacoste bewundern zu dürfen.«

Lacroix lehnte sich in seinem Sitz zurück und erzählte Dominique von Érics Besuch, dem verschwundenen Talisman und der Vernehmung des serbischen Halbfinalspielers.

Als er geendet hatte, waren sie schon kurz vor dem Park, die Autos stauten sich bereits, weil es mal wieder zu viele darauf hatten ankommen lassen, an diesem Nadelöhr einen Parkplatz zu finden, um pünktlich nach Büroschluss das Spiel anzusehen. Doch der Taxifahrer fuhr an der Schlange vorbei, um genau vorm Haupteingang zu halten. Das Einzige, was Dominique antwortete, war:

»Und Seignosse war ehrlich im Chai? Na, da wird Yvonne aber Augen gemacht haben.«

»Sie war hin und weg«, antwortete Lacroix und musste lächeln, als er an die Aufregung der Wirtin dachte. »Komm, wir sind da.«

Er bezahlte, stieg aus und ging um den Wagen herum, um seiner Frau die Tür zu öffnen. Sie gingen ein paar Schritte, dann begann der rote Teppich, der hier bei Roland-Garros aber grün war. Die Fotografen warteten wohl auf andere Stars und Sternchen, doch als Dominique vorausschritt, kam Bewegung in die Menge. Aufregung gar.

»Madame la Maire«, rief der erste Journalist, »ein

seltener Auftritt – gehört Sport auch zu Ihrem Wahlkampf?« Eine andere Reporterin rief: »Commissaire Lacroix, können Sie bitte auf den Artikel heute im *Parisien* reagieren? Madame, wird Ihr Mann weiter als Polizist arbeiten?« Doch Dominique blieb nur ganz kurz stehen und antwortete lächelnd: »Das ist ein privater Besuch. Wir freuen uns auf ein spannendes Match, wir freuen uns mit beiden Spielern, drücken aber natürlich Yannick Duc die Daumen. Ihnen allen einen schönen Abend.« Noch ein Lächeln, dann griff sie nach seiner Hand, und beide gingen ab.

»Du bist so eine Wucht«, sagte Lacroix. Doch Dominique erwiderte: »Das steht uns immer bevor, wenn ich gewinne, das ist dir klar, oder? Manchmal …«, sie blieb plötzlich stehen, »… frage ich mich, ob ich das wirklich will. Mein kleines Rathaus ist doch so schön – was soll ich auf der großen Bühne?«

Lacroix blieb ebenfalls stehen und nahm auch ihre andere Hand, er hielt beide fest und sagte: »*Chérie*, du bist für die große Bühne geboren. Außerdem geht es ja nicht nur um solche Auftritte, es geht um Paris – und für die Stadt wärst du so, so gut. Außerdem ist Paris auch das Einzige, womit ich dich teilen würde.«

»Du bist …« Dominique verstummte, aber Lacroix spürte, dass es in ihr bebte. Sie wischte sich einmal über die Augen und flüsterte: »*Merci.* Und jetzt los, gehen wir. Sonst dichten die uns noch eine Ehekrise an.«

Sie nahm ihn bei der Hand, und gemeinsam gingen sie auf das große Stadion zu, das den neuen Court Central beherbergte. Erst vor zwei oder drei Jahren war es eröffnet worden. Als sie die Treppen genommen hatten und nach draußen auf die Tribüne traten, blieben beide einen Augenblick stehen. Der Anblick war wirklich beeindruckend. Der Court Philippe Chatrier bot Platz für 15 000 Menschen, aber von hier oben sah alles noch viel größer, viel voller aus. Natürlich war das Match wie fast alle bei Roland-Garros monatelang im Voraus ausverkauft – das galt natürlich dreifach, wenn ein Franzose spielte wie heute Abend.

Die Ränge stiegen steil empor, und da waren all die Menschen in ihrer weißen Kleidung – alles wirkte eleganter, weitläufiger als beim Fußball, aber es war dennoch ein richtiges Stadion, dieses Rund mit all den Augen, die auf den Platz mit seiner roten Asche blickten. Der Commissaire konnte sich die Anspannung der Spieler vorstellen, die an der Wand mit den Gewinnerbildern vorbeigingen und dann hier in diesen Hexenkessel hinaustreten mussten.

Lacroix sah sich in dem großen Viereck um, doch er brauchte nicht lange nach Éric Seignosse zu suchen. Er saß in einer der Logen unterhalb des ersten Ranges und winkte dem Commissaire zu. Die Sicherheitsleute ließen sie sofort durch, offenbar hatte Seignosse ihnen Fotos der Gäste gegeben. Zwei Minuten später saßen sie in der Loge, in der neben Seignosse noch zwei oder drei Männer aus dem Tennisverband waren und eine Frau, die sich immer mal wieder an die alte Tennislegende schmiegte.

»Madame Lacroix, Commissaire, das ist meine Freundin Linda«, sagte er, »wir freuen uns sehr, dass Sie das

Match mit uns ansehen. Es ist … nun ja, wollen wir mal sehen, ob der Kerl nicht auch ohne Talisman so gut ist wie immer. Madame Lacroix, Ihnen muss ich noch sagen, dass ich Ihre Wahlkampagne sehr unterstütze. Paris hätte mal wieder eine gute Bürgermeisterin verdient. Wenn Sie irgendetwas brauchen …«

»*Merci*, Monsieur, das ist sehr freundlich. Ihre Stimme würde mir schon reichen.«

»Ach«, sagte Seignosse und verzog das Gesicht, »das würde ich gerne. Aber mein Wohnort ist Neuilly, ich bin leider in Paris nicht wahlberechtigt.«

»Na, noch eine Stimme weniger«, sagte Dominique, und alle lachten. Laute Popmusik erklang, und Lacroix hatte das Gefühl, sich die Ohren zuhalten zu müssen. Das junge Ding in Begleitung von Seignosse bewegte die Arme rhythmisch zur Musik, und auch Dominique tippte mit dem Fuß auf den Boden. Ein Kellner kam.

»Champagner«, rief Seignosse, und Lacroix sagte: »Für mich gerne ein Bier, *merci beaucoup*.«

Minuten später, die Einmarschmelodie ertönte gerade, hielten sie alle ihre Gläser in der Hand und stießen an. Das Stadion war natürlich ausverkauft, die Geräuschkulisse war nun gewaltig. Die Abendsonne schien herein, sodass die ganze Tribüne in ein märchenhaftes Gold getaucht wurde. Die Besucher hatten Hüte auf, Sonnenschirme, alle trugen Sonnenbrillen. Es war ein Sehen und Gesehenwerden, mehr wohl noch, als es ein Sportevent war.

»Auf Yannick«, rief Seignosse und hielt sein Glas erst Dominique hin, dann stieß er mit dem Commissaire an, dann erst mit seiner Freundin. Das erste Mal, dass er den Mann einen Fehler machen sah, dachte Lacroix.

Dann brandete Applaus auf, und der Commissaire sah, wie erst der Italiener auf den Platz kam, dann Yannick Duc. Während der Mann mit der dunklen Haut und den schwarzen Haaren ungestüm ins Publikum winkte, wirkte der junge Blonde abwesend, die »Yannick!«, »Yannick!«-Rufe der Zuschauer schien er gar nicht zu hören. Er war ganz und gar in sich versunken.

Auch der Schiedsrichter trat dazu, ein älterer Mann mit grauem Haar, ein Brite, informierte die Videotafel.

»Der sieht aus wie du«, flüsterte Dominique, »na ja, du bist noch schnittiger«, fügte sie hinzu, und er musste grinsen.

Die ersten Takte von »Fratelli d'Italia« erklang, und sowohl der Spieler als auch die vielen Italiener, die in Paris lebten und sich dieses Match nicht entgehen lassen wollten, erhoben sich, alle schmetterten mit. Lacroix hatte beinahe vergessen, wie sehr er dieses fröhliche und stolze Völkchen vermisst hatte. Sie waren lange nicht mehr in Italien gewesen. Aber bald würde er Dominique mal wieder nach Venedig einladen. Andererseits: Wenn sie erst mal Bürgermeisterin war, würden sie dann noch Zeit für solche Reisen haben?

Die Hymne verklang, und dann senkte sich eine Stille über den Court Central, als die Marseillaise begann. Alle im Publikum standen und sangen mit lauten, einnehmenden Stimmen. Lacroix spürte, wie ihn eine Gänsehaut überkam. Aber er sah auch, wie Yannick Duc da unten stand und einen halben Meter kleiner wirkte, als er eigentlich war. Er sang nicht mit, hatte die Augen halb geöffnet und trat nervös von einem Fuß auf den anderen.

»Merde«, flüsterte Seignosse Lacroix zu, »dem Jungen geht's gar nicht gut.«

Lacroix versuchte, einen Blick auf Ducs Vater zu werfen, aber der wurde von einem anderen Mann in der Trainerbox verdeckt.

Als die Hymne verklungen war, begannen die Zuschauer zu klatschen, rhythmisch und so lange, dass es klang wie eine nicht enden wollende Welle, so als würden sie spüren, dass der Junge da auf dem Platz ihren Zuspruch dringend brauchte. Aber Lacroix sah an seinem Gesicht, dass es den Druck eher vergrößerte. Duc saß auf seiner Bank, holte gerade einen Schläger aus der Tasche und konnte gar nicht aufsehen.

Der Commissaire blickte in das Rund und sah all die Fernsehkameras, die Fotografen mit ihren riesigen Objektiven und die Zuschauer mit ihrer permanenten Handy-Kamera-Überwachung. In diesem Moment bekam er ein Gefühl dafür, wie groß der Druck sein musste, wenn man so in der Öffentlichkeit stand wie Yannick Duc.

»Merci«, sprach der Schiedsrichter, der mittlerweile auf seinem Hochstuhl Platz genommen hatte, in sein Mikrophon. Es war das Äquivalent zum englischen *»Quiet, please«*, mit dem die Zuschauer zur Raison gerufen werden sollten. Als es nicht fruchtete, sondern weitergeklatscht wurde, sagte er: *»Silence, s'il vous plaît, merci.«*

Der Spielstand wurde eingeblendet: 0:0. Und dann standen beide Spieler auf und traten auf den Platz. Es war das gleiche Bild wie vorhin: Der Italiener winkte fröhlich ins Rund, der Franzose sah verkniffen drein. Er stellte sich an der Grundlinie auf und zählte die Bälle, die er sich in die Tasche steckte. Offenbar hatte er das erste Aufschlagspiel.

Dominique nahm Lacroix' Hand und hielt sie fest. Er sah sie überrascht an, und sie lächelte ihm zu.

»Versuch, es zu genießen«, sagte sie. »Wahrscheinlich wird einfach alles gut.«

»Ich hoffe es«, erwiderte er.

Die Spieler hatten sich schon vor der Platzwahl eingespielt, deshalb ging es gleich los.

Yannick Duc nahm an der Aufschlagseite Aufstellung, dann warf er den Ball in die Höhe und ... fing ihn mit der Hand wieder auf. Er hatte ihn so schräg geworfen, dass er ihm fast auf den Kopf gefallen wäre. Ein Raunen ging durchs Publikum. Der Schiedsrichter sagte: »*Quiet, please.*« Offenbar war er so überrascht, dass er vergaß, in welchem Land er war.

Duc strich sich mit der Hand über die Stirn, es war nicht mehr heiß jetzt, ganz im Gegenteil, aber er schwitzte trotzdem. Er nahm den Ball und warf ihn wieder hoch, dann schlug er auf.

Kein guter erster Ball. Er segelte gerade so auf die andere Seite – weit entfernt von dem Hammeraufschlag, für den der Franzose sonst berühmt war. Lacroix hatte von ihm mal einen mit 200 km/h gesehen. Altretagio, der Italiener, retournierte den Ball mühelos mit einer kraftvollen Rückhand, Yannick rannte los und kriegte den Ball ganz knapp, ein hoher Rettungsschlag. Altretagio stand da, nahe am Netz, und schmetterte – ins Feld und weit weg vom Franzosen.

»Zéro – quinze«, sagte der Schiedsrichter, und auf der Anzeigetafel stand: *0:15*.

Duc wechselte die Seite. Diesmal kam der erste Aufschlag mühelos, wenn auch nicht viel schneller. Eine Longline-Antwort des Italieners, eine Rückhand von Duc, dann wieder ein Grundlinienschlag, den Duc mühelos zurückschlug, und dann ein Cross – der Ball des Italieners segelte einmal quer übers Feld, Duc rannte, rannte, beschleunigte, aber … kam eine Sekunde zu spät, und der Ball war schon weg. *»Zéro – trente«*. *0:30*.

Lacroix sah den Blick des Italieners: Er beobachtete seinen Gegner. Fast wirkte er überrascht, mit diesem Auftakt hatte er wohl nicht gerechnet, schon gar nicht hier gegen den Lokalpatrioten. Es ging schließlich darum, wer ins Grand-Slam-Finale einziehen würde.

Duc aber schaffte es wieder nicht aufzusehen. Er betrachtete nur den Ball, den er auf den Boden aufprallen ließ und wieder fing, noch einmal, dann noch einmal, als versuchte er, seine Emotionen unter Kontrolle zu kriegen. Noch einmal, dann ein fünftes Mal. Wieder ging ein Raunen durchs Publikum. Ungeduld machte sich breit. Lacroix schloss die Augen, er hatte ein schlimmes Gefühl im Bauch.

Endlich sah Yannick Duc nach oben, warf den Ball und sprang. Der Ball bekam Tempo, es krachte, und dann landete er im Netz.

»Fault. Second Serve.«

Diesmal ließ der Franzose den Ball nur dreimal hüpfen, warf ihn hoch und dann ... schlug er oben gegen die Netzkante, tanzte darauf herum und fiel ... auf die Seite des Franzosen. Ein »Ah« und »Oh« ging durch die Reihen.

»Zéro – quarante.« Doppelfehler. *0:40*. Höchststrafe.

Satzball und damit auch Breakball für den Italiener. Wieder brandete Applaus auf. Die »Yannick!«, »Yannick!«-Rufe waren vereinzelt und zögerlich geworden. Das Publikum war jetzt wohl genauso verunsichert wie der französische Tennisstar.

Duc schlug auf. Diesmal gelang es: Der Ball segelte auf die Seite von Altretagio, der einen schnellen Cross spielte, aber der Franzose war zur Stelle, schlug einen flachen Longline, der auf der anderen Seite ... drei Zentimeter zu weit flog und ins Aus ging.

»Fault. Jeu Altretagio.« Es stand null zu eins. Duc hatte seinen eigenen Aufschlag verschenkt und nicht einen einzigen Punkt gemacht.

»Merde«, wiederholte Seignosse. Sein Gesicht war grau geworden. Er sah den Commissaire ernst an. »Verstehen Sie jetzt, was ich meine?«

»Haben Sie geahnt, dass es so schlimm wird?«, fragte Lacroix.

»Ich habe sein letztes Training am Morgen gesehen. Nachdem der Ball weg war. Da wusste ich, dass es so schlimm wird. Deshalb bin ich ja zu Ihnen gekommen.«

»Aber wenn es so weitergeht, dann brauchen wir den Ball nicht mehr zu finden, oder?«

»Nicht mehr für Roland-Garros«, sagte Seignosse trocken. »Aber Wimbledon kommt ja auch bald.«

Der Italiener war nun mit eigenem Aufschlag dran. Er war ein guter Spieler, aber nicht Weltklasse. Er rangierte auf Weltranglistenplatz 23, Lacroix hatte es vorhin in der Match-Broschüre nachgesehen. Seine Aufschläge waren gut und schnell, aber er spielte längst nicht so variantenreich wie der Franzose. Eigentlich.

Heute brachte er seinen eigenen Aufschlag mühelos durch. Duc spielte wie ein Roboter, die meisten Returns landeten sofort im Aus, er machte nur Grundlinienschläge, und wenn er überhaupt mal einen Ball cross spielte, landete er im Netz.

Als Altretagio nach achtundzwanzig Minuten fünf zu null führte, sagte Dominique: »Ich könnte noch einen Champagner gebrauchen.«

»Da mache ich mit«, sagte Lacroix.

»Ich brauche auch noch einen«, sagte Seignosse und winkte den Kellner heran. »Sie haben recht, es ist eine Demütigung.«

Den ersten Satz gewann der Italiener, ohne dass Duc ein Spiel gewonnen hatte. Er hatte in zwei Spielen je einen Punkt geholt. Es war, als würde Altretagio gegen einen jungen Wildcard-Spieler mit Weltranglistenplatz 211 spielen. Duc war chancenlos.

Lacroix beobachtete sein Gesicht in der Pause, so wie alle in diesem Stadion. Sogar der Schiedsrichter kletterte von seinem Stuhl und ging erst zum Italiener, sie wechselten ein paar Worte, dann ging er zu Duc. Sehr ungewöhnlich war das, aber der Commissaire konnte die Worte von den Lippen lesen: »Geht's Ihnen gut, Monsieur Duc? *Are you alright?*« Der Franzose nickte geistesabwesend. Beim Boxen hätte der Ringrichter jetzt wohl den Kampf beendet.

Hier aber ging es weiter. Der zweite Satz war ein Spiegelbild des ersten. Duc verschenkte sein erstes Aufschlagspiel, Altretagio holte seines ohne einen Punktverlust. Auch im dritten Spiel lag Duc 0:30 hinten, als er einen einzigen guten Aufschlag spielte, schnell, präzise, überraschend. Der Ball kam sehr weit rechts vom Italiener auf, der danach hechtete, und als er ihn gerade noch mit dem Schläger erreichte, sahen die Zuschauer erst, was passierte, dann hörten sie seinen Schrei.

Zu sehen war, wie sich der Knöchel des Italieners auf dem Platz langmachte. Es gab ein Knacken, nur ein leichtes, aber Lacroix dachte, wenn sogar er es gehört hatte, dann war es aus nächster Nähe wohl kein leichtes Knacken gewesen. Nach dem Schmerzensschrei brach der Italiener zusammen und krümmte sich am Boden. Sofort sprangen zwei Ärzte und ein Mann, der wohl Altretagios Trainer war, über die Bande, dann kam auch Yannick Duc angerannt. Der Italiener lag auf dem Boden und zog die Knie an die Brust, er tastete nach seinem Fuß, aber Lacroix und alle im Rund hatten erkannt, was die Diagnose war: ein Knöchelbruch.

Yannick Duc beugte sich zu seinem Gegner hinunter und fasste ihn an der Schulter, leise sagte er etwas zu ihm.

Die Ärzte halfen dem Italiener, sich aufzusetzen, aber es gelang ihm nur mühsam. Sein Gesicht war schmerzverzerrt, eindrucksvoller aber waren die Tränen auf seinen Wangen, nicht so sehr des Schmerzes, sondern wohl der Wut, dass dieses Spiel vorbei war. Er machte dem Schiedsrichter ein Zeichen, ein Schütteln mit dem Kopf, dann sagte der:

»Das Spiel endet mit Aufgabe beim Stand von 0:6 und 0:2. Das ist sehr schade, und wir wünschen Ihnen gute Genesung von Ihrer Verletzung, Monsieur Altretagio. Der Gewinner heißt Yannick Duc und steht damit im Finale von Roland-Garros.«

Leiser Applaus kam auf, die Zuschauer standen wohl unter Schock, weil der Italiener immer noch auf dem Feld behandelt wurde. Niemand rief mehr Ducs Namen, stattdessen klatschten alle nun für den Verletzten. Und Yannick Duc saß auf seiner Bank und hatte das Gesicht in den Händen vergraben.

»Nun«, sagte Dominique leise, »es ist so schlimm geworden, wie du befürchtet hast.«

»Aber jetzt habe ich ja noch eine Chance, den Ball zu finden«, sagte Lacroix. »Wann ist das Finale?«

»Übermorgen Abend. Sie haben noch achtundvierzig Stunden.«

»Achtundvierzig Stunden für einen Tennisball in einer sehr großen Stadt. Das sind ja wunderbare Aussichten.«

7

»*Chérie*, möchtest du schon einmal nach Hause fahren? Ich werde noch hierbleiben müssen ... Wir werden noch einmal versuchen, mit dem Serben zu sprechen.«

Lacroix stand etwas abseits vom Trubel neben Dominique, doch sie lächelte ihn an und schüttelte den Kopf. »Du kommst ja morgen mit zu meiner Arbeit, dann begleite ich dich heute bei deiner. Außerdem kann ich dann noch ein Match sehen. Wenn das in Ordnung ist ...«

»Natürlich.«

»Da vorne kommt schon dein Objekt der Begierde.«

Dominique hatte ihn natürlich zuerst gesehen. Es war tatsächlich Yannick Duc, der zwischen seinem Vater und Éric Seignosse den Gang für die Spieler entlanglief. Er sah bedrückt aus. Keine Spur von Freude oder gar Euphorie über den Einzug ins Finale.

»Guten Abend, Monsieur Duc«, sagte Lacroix, »das ist meine Frau, Madame Lacroix.«

»Guten Abend, Commissaire, Madame ...« Duc schaffte es kaum aufzusehen.

»Sicher ist es besser, nicht zu gratulieren, oder?«

»Ja, das ist besser. Am besten wäre allerdings, wenn Sie Ihren Job machen würden und die Tasche wiederfinden, anstatt hier Tennis zu genießen«, entfuhr es Monsieur Duc, dem Älteren.

»Albert«, rief Éric, »jetzt hör aber auf. Du benimmst dich ja furchtbar. Was ist denn los mit dir? Jetzt steht Yannick im Finale, und wir brauchen Monsieur Lacroix noch dringender – und jetzt wird er die Tasche auch finden.«

Yannick Duc sah erleichtert aus, dass es Éric war, der seinem Vater die Leviten las.

»Können wir kurz sprechen?«, fragte Lacroix.

»Natürlich.«

»Ist Ihnen noch etwas eingefallen, was uns weiterhelfen könnte?«

»Ich habe den ganzen Nachmittag im Hotel gegrübelt. Ich bin gar nicht zur Ruhe gekommen. Das Ergebnis haben Sie ja eben auf dem Platz gesehen. Aber nein, mir ist nichts eingefallen. Tut mir leid.«

»Ihnen, Monsieur Duc?«

»Haben Sie Cveto gefragt, wo die Tasche ist? Ich schwöre, er weiß etwas.«

»Wir sprechen mit ihm.«

»Sie haben noch gar nicht mit ihm gesprochen?«

Lacroix ignorierte den Mann, fragte stattdessen leiser: »Monsieur Duc, was haben Sie dem Italiener eben zugeflüstert?«

Über das Gesicht des Spielers flog ein leichtes Lächeln. »Ich habe ihm gesagt: ›Das war dein Sieg. Tut mir leid.‹«

»Das war eine sehr faire Geste, Monsieur. Aber nun werden Sie den Sieg holen, ich weiß es. Und vorher finde ich Ihre Tasche. Werden Sie das zweite Halbfinale ansehen?«

»Nein, Papa bleibt hier. Ich gehe ins Hotel und versuche zu schlafen.«

»Gut, machen Sie das. Wir sehen uns morgen.«

Eine halbe Stunde später saßen Dominique, der Commissaire, Éric und Monsieur Duc zusammen in einer Loge des Court Suzanne Lenglen, dem zweiten großen Platz von Roland-Garros. Die Anlage war ohnehin viel kleiner als alle anderen auf der Grand-Slam-Tour, aber das war auch das Besondere an Paris – und deshalb liebten viele Spieler dieses Turnier, weil es eben familiärer war als Wimbledon oder die US-Open.

»Sehen Sie das? Wie der Sand so schön schimmert?« Die Stimme von Yannicks Vaters klang nun viel sanfter, als Lacroix sie jemals gehört hatte. Offenbar beruhigte ihn die Atmosphäre seines liebsten Sports. »Der Sand … es ist das einzige große Turnier der Tour, das auf Sand stattfindet – dabei ist das doch der Ursprung des Tennis. Klar, die Hartplätze ermöglichen schnellere Ballwechsel, und jeder Spieler muss superathletisch sein, aber Tennis ist doch eigentlich ein Spiel der langen Ballwechsel – wo gibt es die heute noch schöner als bei Roland-Garros, hm? Und wenn dann die rote Asche aufspritzt und sich die Spieler mit dem Schläger den Sand aus den Schuhen klopfen – ich liebe das.«

Lacroix musste ihm recht geben. Die Atmosphäre in diesem Stadion war wirklich außergewöhnlich schön.

Als die Spieler auf den Platz kamen, standen die Zuschauer auf und applaudierten, nur Monsieur Duc nicht. Er war wieder ganz der Alte.

»Da ist er, dieser …« Er verstummte und sah Cveto

Nikolic wütend zu, wie der dem Publikum winkte. Doch das Publikum erwiderte die Zuneigung nicht. Diesmal gab es zwar keinen Lokalpatrioten, aber alle Tennisfans hatten gehört, was der Serbe über Yannick Duc gesagt hatte – und viele hatten es wohl als düstere Vorahnung aufgefasst, die durch die schlechte Leistung ihres Lieblings bestätigt schien. Nun straften sie den Serben mit ausbleibendem Jubel und schienen eher den sanften Schweizer ins Herz zu schließen, der sehr lauten Applaus bekam.

Das Einspielen hatte auch hier schon stattgefunden, und so sahen die vier Zuschauer in ihrer Loge dabei zu, wie der Sand nur so staubte und sich die beiden Kontrahenten ein ganz anderes Match lieferten als das vorherige: ein ewiges sozusagen, mit langen Ballwechseln, die teilweise zwei Minuten dauerten, mit Stöhnen und Erschöpfung, mit Schnelligkeit und Variabilität, mit Grundlinienschlägen, Schmetterbällen und sehr schönen Returns.

Das Spiel dauerte dreieinhalb Stunden.

Zweimal schien es, als hätte Nikolic den Schweizer am Rande der Niederlage, im vierten Satz vergab er sogar einen Matchball beim Stand von 5:4, doch dann rettete sich Hoellerer in den Tie-Break – und hatte im fünften Satz den psychologischen Vorteil auf seiner Seite. Bis er mit einem Ass mit 6:3 gewann, die Arme in die Luft riss und ihm die Tränen in die Augen schossen.

Cveto Nikolic aber machte seinem Namen alle Ehre. Er schmiss den Schläger auf den Platz und fauchte. Der Schiedsrichter ermahnte ihn, und der Serbe spürte wohl die Geldstrafe auf sich zukommen, denn er nahm den Schläger, entschuldigte sich erst beim Schiedsrichter und gab dann dem Sieger die Hand. Fürs Publikum aber hatte er keinen Blick mehr übrig.

»Das war überraschend«, sagte Seignosse. »Ich dachte schon, er hat's geschafft. Aber es ist wirklich so: Tennis spielst du nur gegen dich selbst. Als er dachte, er ist durch, war er verloren. Danach kriegte er nicht mehr die Konzentration – und hat sich dann in den Strudel gespielt, der ihn immer mehr Fehler machen ließ.«

»Geschieht ihm recht«, fauchte Monsieur Duc.

»Sieht nicht aus, als wollte er hier Wurzeln schlagen«, sagte Lacroix, als er sah, wie der Serbe seine Tasche packte und wütend davonstapfte. »Wir sollten ihn aufhalten, wenn wir noch mit ihm reden wollen.«

Dominique stand auf und folgte ihm, auch Éric und Monsieur Duc kamen hinter den beiden her.

Sie gingen in Richtung der Ausgänge. Seignosse brauchte nichts zu sagen, sofort öffnete ein Sicherheitsmann ein Band, und sie konnten hindurchschlüpfen und das Stadion durch einen Hinterausgang verlassen, während sich an den offiziellen Ausgängen noch die Massen stauten.

»Da ist er«, sagte Lacroix und ging in Richtung des Serben, der mit seinem Trainer im Schlepptau wild diskutierend in Richtung Umkleiden ging. Sie waren nur noch wenige Meter entfernt, als sich plötzlich Monsieur Duc an ihnen vorbeidrängelte und auf Cveto Nikolic zustürzte.

»Jetzt hast du verloren, du Gauner«, rief er und packte

gleich darauf den völlig verdutzten Tennisspieler am Kragen, »jetzt gib uns sofort die Tasche wieder.«

Die Miene des Serben wechselte von Überraschung zu schrecklicher Wut, sofort ließ er seine Tasche fallen und hob die Fäuste. Mit der einen Hand schob er Duc weg, mit der anderen schlug er nach ihm, traf aber nur in die Luft.

»Was bist du für ein Kasper«, rief er und hieb noch einmal, dieser Schlag traf den Trainer an der Brust. Der wich zurück, und Nikolic holte noch mal aus. »Lass mich sofort los und steck dir deine verdammte Tasche sonst wo hin.«

Gerade wollte der Serbe zum nächsten Schlag ausholen, doch da fing Lacroix seine Hand ab, indem er sich mit seinem massiven Körper dazwischendrängelte und sehr laut sagte: »So, jetzt ist aber Schluss.« Dann wandte er sich um und zeigte aufs Stadion, aus dem immer noch die Zuschauer strömten. »Monsieur Duc, sind Sie denn von allen guten Geistern verlassen? Wir können wirklich keine schlechte Presse gebrauchen – und Sie machen hier so ein Fass auf?«

Nikolic hatte noch immer die Fäuste geballt, doch nun wandte sich der Commissaire ihm zu. »Und Sie beruhigen sich jetzt auch, Monsieur.«

»Der Typ hat mich angegriffen, Sie sollten meine Anzeige aufnehmen!«

Monsieur Duc hatte offenbar begriffen, was die Uhr geschlagen hatte, denn er senkte den Kopf und sagte leise: »Tut mir leid, Commissaire. Ich will doch nur ... die Tasche ...«

»Welche Tasche? Geht's immer noch um die verdammte Tasche von Yannick?«, fuhr Nikolic auf. »Was ist denn da drin? Seine Blutdoping-Konserve, oder was? Warum sind Sie so scharf darauf?«

Sofort schaltete Duc wieder in den Angriffsmodus, doch Lacroix sah ihn warnend an. »Sie bleiben da jetzt ruhig stehen, Monsieur.« Dann wandte er sich dem Serben zu. »Monsieur Nikolic, verzeihen Sie, Monsieur Duc hat den Verdacht, dass Sie die Tasche seines Sohnes gestohlen haben, um Ihrem möglichen Finalgegner eins auszuwischen.«

»Was soll ich? Sind Sie verrückt?«

»*Bon*, ich verstehe Sie, und ich weiß, dass Sie kein Franzose sind, ergo: Sie müssen nicht kooperieren. Dennoch, jetzt, wo Sie ohnehin ausgeschieden sind, wären Sie nicht vielleicht bereit, uns Ihren Spind zu zeigen? Dann können wir den Verdacht ausschließen.«

Nikolic sah Lacroix prüfend an, und eigentlich rechnete der mit einem Donnerwetter. So war er reichlich überrascht, als der Serbe die Arme hob. »Na gut, dann kommen Sie mal. Aber nur Sie, nicht der Kasper.«

»Sie bleiben hier«, sagte Lacroix zu Duc, »passen Sie auf ihn auf, Monsieur Seignosse, einverstanden?« Er folgte dem Serben in die Umkleidekabine.

»Was ist denn das für ein wilder Unfug? Was ist in dieser Tasche, Commissaire? Denn ich habe sie nicht.«

»Sie wissen nichts von einem Talisman, den Monsieur Duc zum Spielen braucht?«

»Ach echt? Spielt er deswegen so mies, weil er seinen Talisman verloren hat?«

»Haben Sie keinen Glücksbringer?«

»Ich hab meine Familie, die mich unterstützt. Und die Gedanken daran, dass wir alle auf dem Balkan, die den Krieg überstanden haben, schon sehr viel Glück hatten im Leben. Das reicht mir.«

Sie standen nun vor einem Spind, der zwei oder drei Schränke von dem Yannick Ducs entfernt war. Der Serbe drehte an dem Schloss und zog dann den Schrank auf.

Lacroix blickte hinein und atmete auf. Der Schrank war leer. Er richtete sich wieder auf.

»Haben Sie vielen Dank, Monsieur Nikolic. Und ich bitte Sie, verzeihen Sie die Unannehmlichkeiten. Vielleicht ... vielleicht ersparen Sie Monsieur Duc die Anzeige, er ist einfach sehr aufgebracht wegen seines Sohnes.«

»Ja, die Väter. Meinem habe ich verboten, mich zum Tennis zu begleiten. Ist besser so.« Er gab Lacroix die Hand. »Ich kann Ihnen sagen: Ich gelte vielleicht als *mauvais garçon*, aber ich bin ein fairer Sportsmann. Und nun fliege ich nach Hause. Bald ist Wimbledon. Und ich bin auf Rasen viel besser als auf Ihrer roten Asche. Bleiben Sie gesund, Commissaire.«

Lacroix nickte ihm zu und trat nach draußen. Der Trainer stand neben Dominique und Éric Seignosse. Alle drei sahen den Commissaire erwartungsvoll an.

»Nichts, Monsieur Seignosse«, sagte Lacroix, »da war gar nichts.«

»Dann müssen wir das Hotelzimmer von Cveto durchsuchen«, sagte Duc, doch Lacroix sah ihn wütend an. »Sie hören jetzt mal auf! Und kommen mir vor allem nicht mehr in die Quere, wenn Sie wollen, dass ich die Tasche finde, haben Sie verstanden? Und nun einen guten Abend …«

Er nahm Dominique an der Hand, und die beiden gingen zusammen in Richtung Ausgang und traten auf die nächtliche Straße vor der Tennisanlage, um gleich darauf in eines der letzten Taxis zu steigen, die noch auf Zuschauer warteten.

0:15

8

Das Klingeln des Telefons riss Lacroix aus einem langsam ausklingenden Traum. Er erwachte und sah, dass Dominique neben ihm noch tief und fest schlief.

Sie hatten nach der schrecklichen Auseinandersetzung vorm Court Central den Abend noch zu zweit ausklingen lassen und im Café Central gegenüber eine ganze Flasche Roten getrunken. Sie hatten einfach nicht aufhören können zu plaudern. Erst um zwei Uhr morgens waren sie im Bett gewesen.

Leise stand er auf und ging in den Flur, wo das Telefon stand. Seine Füße waren kalt, seine Glieder schwer. Er nahm ab und sagte: »Lacroix, *oui*?«

»*Mon commissaire*, hier ist Yvonne.«

»Yvonne … was ist los?«

Seine Stimme war besorgt. Sie rief ihn wirklich nur in sehr dringenden Fällen daheim an – eigentlich konnte er sich nicht erinnern, dass sie ihn jemals angerufen hatte.

»Ich hab dir ja gesagt, dass ich diese junge Frau nicht mehr reinlasse, dass sie hier Hausverbot hat. Diese Schneider, weißt du? Und nun stand sie eben vor der Tür, als ich gerade kam, um aufzuschließen. Morgens um halb sieben! Da … ich wusste gar nicht, was ich machen sollte. Sie stand hier und war völlig aufgelöst. Ich hab ihr gesagt, sie sei hier nicht willkommen, ich hab mich vorbeigedrängelt und die Rollläden hochgezogen, aber sie hat fast geweint und gesagt, sie müsse unbedingt mit dir reden. Ich habe ihr erklärt, dass ich nicht glaube, dass du mir ihr reden willst, aber sie ... wirklich, sie tat mir fast ein bisschen leid. Ich ...«

»Wo ist sie?«, fragte Lacroix.

»Sie steht vor der Tür. Ich habe ja gesagt, sie hat Hausverbot.«

»Gut, Yvonne. Kannst du das Hausverbot mal für drei Minuten aufheben, sie hereinbitten und ihr den Hörer reichen? Ich will wissen, was da los ist.«

»Natürlich. Warte ...« Er hörte, wie sie den Hörer auf den Tresen legte, es schepperte, dann lauschte er ihren Schritten auf den Fliesen, hörte die knarzende Tür und wie sie streng sagte: »Mademoiselle, los, er will mit Ihnen reden.«

Die Schritte kamen wieder näher, dann raschelte es im Hörer.

»Commissaire?« Ihre Stimme klang gar nicht frisch und fröhlich wie sonst.

»Mademoiselle Schneider, was ist denn los? Warum überfallen Sie meine Wirtin zu dieser frühen Stunde?«

»Commissaire Lacroix, hören Sie, ich kann nicht am Telefon darüber sprechen. Können Sie herkommen?«

»Worüber können Sie nicht sprechen?«

»Es ist ein Verbrechen geschehen. Hören Sie, es tut mir alles sehr leid, ich weiß, ich habe Ihnen persönlich etwas angetan. Aber ... Sie müssen mir helfen. Bitte, Commissaire, können Sie herkommen?«

Lacroix schnaufte schwer, dann sah er auf die Uhr.

Diese Frau war eine echte Nervensäge. »Gut, geben Sie mir eine halbe Stunde. Wenn Sie Yvonne freundlich bitten, dürfen Sie sicher drinnen warten. Geben Sie sie mir bitte noch mal.«

Der Hörer wurde wieder zurückgereicht.

»Ja, *mon cher?*«

»Mach der jungen Frau einen *café* – und mir eine *tartine au chèvre, d'accord*? Mache mich gleich auf den Weg.«

»Bis gleich.«

Dann legten sie auf. Lacroix verschwand schnell im Bad, kleidete sich an und schrieb rasch einen Zettel:

Musste schon aufbrechen. Danke für den schönen Abend, chérie. Wir sehen uns nachher zu Deiner Rede. Einen schönen Tag.

Er legte den Zettel auf das Kopfkissen und küsste Dominique sanft auf den Kopf. Ihre Haare hatten den Duft, den er seit ihrem ersten Kennenlernen an ihr liebte. Dann wandte er sich ab und ging zur Tür, die Treppe hinunter und dann in Richtung Rue de Grenelle, heute mit deutlich besserer Laune als am Vortag. Er ging mit großen Schritten gen Osten. Der Weg war ihm so vertraut, weil er ihn jeden Tag nahm, heute aber konnte er ihn wieder mit offenen Augen sehen, denn es gab immer etwas Neues zu beobachten: wie auf der Rue las Cases die Vögel in den Bäumen sangen, dort, wo die Kirche von Pierre-Richard thronte. Wie die Verkäuferin in der kleinen Boutique an der Ecke zum Boulevard das Schaufenster neu gestaltete, bevor nachher geöffnet wurde und die Kundinnen kamen.

Der Boulevard Saint-Germain war seit jeher Lacroix' liebste Flaniermeile in der Stadt. Denn hier kamen die Eleganz der Bürgerhäuser und der Stil der Designer und Galeristen zusammen, dazu die Noblesse der gut angezogenen Flaneure und die kulturelle Beflissenheit der Grande Nation: Noch immer waren die wichtigsten Verlage rund um den Boulevard ansässig, und die großen Cafés, das Flore, das Deux Magots, die Brasserie Lipp, sie alle waren von Hemingway und der Stein, von Ezra Pound und James Joyce besucht worden, die hier ihre Oden auf die Stadt schrieben. Und dann, auf der Linken, die älteste Kirche der Stadt, die Abtei von Saint-Germain-des-Prés, deren Bau schon im 11. Jahrhundert begann: ein steinernes Kirchenschiff, erhellt von Tausenden Kerzen, die hölzernen Stühle in Reih und Glied. Immer fand sich hier ein Betender – ein Augenblick des Innehaltens in dieser lärmenden Welt. Hinter der Kirche schloss sich der kleine Park an, und dann begann auch schon das östliche Saint-Germain, die Rue de Buci, die Ausgehmeile der jungen Pariser, das Reich der kleinen Marktläden, Fischhändler und Fleischer, der Austernmann und der Gemüsestand von Alain.

Alain, durchfuhr es Lacroix. Er hatte ihn lange nicht mehr gesehen. Der alte Mann hatte sich selbst auf Kur geschickt, nach einem Rheumaschub. Eigentlich hatten die Lacroix' ihn besuchen wollen oben in der Normandie, aber der Wahlkampf war dazwischengekommen.

Er würde Yvonne fragen, wie es ihrem gemeinsamen Freund wohl ging.

Er bog um die Ecke und öffnete die gläserne Tür, dann trat er in die vertraute Atmosphäre des Chai. Yvonne nickte ihm hinterm Tresen lächelnd zu und wies in den Gastraum. Ganz hinten, im Séparée, hatte die junge Frau an einem Tisch Platz genommen, der weit genug von allen anderen entfernt war, um ein ungestörtes Gespräch zu führen.

Sie sah ihn kommen, und ein schüchternes Lächeln erhellte ihr Gesicht, doch als er dann am Tisch stand, sah sie eher furchtsam zu ihm auf, als erwartete sie ein echtes Donnerwetter. Aber Lacroix zog nur seinen Hut und deutete eine leichte Verbeugung an.

»*Bonjour*, Mademoiselle.«

»Commissaire ... schön, dass Sie so schnell kommen konnten.«

»Wer wäre ich denn, der führenden Meinungsjournalistin der Stadt ein Treffen abzuschlagen.«

»Ich bitte Sie, machen Sie sich nicht lustig. Es ist alles schlimm genug. Und, ja: Es tut mir leid, was da alles in der Zeitung stand in diesen Tagen.«

Lacroix nickte, zog den Stuhl zurück und setzte sich auf das rote Ledermöbel. Er wollte gerade etwas fragen, da trat Yvonne an den Tisch. »Ich habe Ihnen noch einen Cappuccino mitgebracht, Mademoiselle – und für dich, *mon cher*, dein starker *café*. Soll ich mit dem Frühstück noch warten?«

Lacroix schüttelte den Kopf. »Nein, ich bin hungrig, es kann gerne schon kommen.«

»*Bien sûr, commissaire*«, sagte sie und verschwand in Richtung Küche.

Lacroix beugte sich über den Tisch. »Und? Was ist geschehen, Mademoiselle Schneider?«

Er betrachtete die junge Frau, die wirklich eine schlaflose Nacht gehabt hatte, so wie sie aussah. Die kurzen rotblonden Haare waren verwuschelt, ihre blauen Augen hatten einen stumpfen Glanz, wie bei jemandem, der die halbe Nacht wilde Gedanken gewälzt hatte. Die Bluse war ungebügelt, und ihre Hände fuhren ruhelos über die Tischplatte. Sie griff nach der Tasse, überlegte es sich dann aber anders und begann:

»Hören Sie, Commissaire, es ist eine Katastrophe, aber sie ist ganz allein meine Schuld. Und das ärgert mich so sehr, aber … aber es ist wirklich … es gefährdet alles, was ich mir aufgebaut habe. Meine ganze Karriere – und das Vertrauen meiner Chefs in mich –, und ich bitte Sie, helfen Sie mir. Sie sind der Einzige, der das kann, glaube ich.«

»Aber ich sollte doch nicht mehr als Polizist arbeiten, wenn meine Frau … na, Sie wissen schon.«

Sie sah ihn an, und da war wieder dieses schüchterne Lächeln. »Ich kann es Ihnen nicht verübeln, Commissaire, dass Sie mir das jetzt aufs Brot schmieren. Ich … es tut mir leid. Aber Sie können sich jetzt darauf ausruhen und sagen, Sie hätten mich erledigt – denn das wäre ich dann: erledigt. Ich würde in dieser Stadt keinen Fuß mehr auf den Boden kriegen. Dann könnte ich wieder zurückgehen nach Nancy und versuchen, dort über die Eröffnung von Zuchthühnerausstellungen zu schreiben – wenn mich die Zeitung dort noch haben will, was ich bezweifle. Oder Sie sind der Mann, für den ich Sie halte ... Dann überwinden Sie diese Verletzung, die ich Ihnen zugefügt habe, und helfen mir.«

»Was ist geschehen, Mademoiselle?«

»Ich ... es ist so unfassbar blöd, dass ich es kaum zusammenkriege. Es tut mir leid, Commissaire, aber ich wollte mit der Geschichte über Sie weitermachen. Die Auflage hat sich so gut verkauft, dass wir da dranbleiben mussten, meine Chefs wollten unbedingt eine neue Geschichte. Also ... nun ja ... habe ich das gemacht, was Sie mir zugerufen haben. Ich weiß schon, das war ein Scherz von Ihnen, Commissaire, ein böser Scherz, aber er brachte mich auf eine Idee. Also bin ich nach dem Abendgottesdienst zur Kirche Sainte-Clotilde, weil ich ja wusste, dass Ihr Bruder da arbeitet.«

»Sie waren bei meinem Bruder?« Lacroix' Stimme war heiser, seine Stirn zog sich in Falten, er zeigte eine zornige Miene. »Was ... sagen Sie mal, sind Sie von allen guten Geistern verlassen?«

»Es tut mir leid«, sagte sie geknickt. »Ich habe gesehen, wie er die Kirche verließ und sich in das Café am Platz setzte, um ein Glas zu trinken. Dann bin ich zu ihm gegangen, habe mich vorgestellt und ihm gesagt, dass ich gerne mit ihm über seinen Bruder reden würde.«

»Und was hat Pierre-Richard gesagt?«

»Ich glaube, seine gute Erziehung hat verhindert, dass er mich zum Teufel wünschte. Er lud mich auf ein Glas Weißwein ein und sagte dann sehr freundlich, dass er eher sein Amt aufgeben würde, als mir Geheimnisse über Sie zu verraten. Und dann trank er aus, legte Geld auf den Tisch, stand einfach auf und ließ mich dort sitzen. Das war's. Ich hatte nichts. Nicht mal ein einziges Wort von ihm über Sie.«

»Aber dann ist doch nichts passiert, Mademoiselle.«

»Doch. Ich blieb dort sitzen und überlegte meine nächsten Schritte. In dem Moment kam ein junger Mann mit diesen Zettelchen vorbei, die er auf alle Tische legte, ein Bettler. Ich kannte diesen Trick, na klar, ich hatte selbst schon darüber geschrieben. Aber ich muss so in Gedanken gewesen sein – als er den Zettel wieder wegnahm, habe ich nicht genau hingesehen. Erst eine Minute später, als ich gehen wollte, da ... da habe ich gesehen, dass mein Handy weg war.«

»Ihr Handy? Aber ... aber das ist doch kein Problem, oder? Ihr jungen Leute kauft doch eh alle paar Monate ein neues, und Sie werden doch gut verdienen, Mademoiselle.«

»Aber es ist doch nicht der Wert des Handys. Es ist der Wert dessen, was darinsteckt.«

»Sie müssen mir weiterhelfen, Mademoiselle Schneider. Ich verstehe nicht.«

»Meine Nummern, Commissaire, nun seien Sie doch nicht so schwer von Begriff. Ich mache seit zwei Jahren die Berichterstattung über die hochgestellten Persönlichkeiten von Paris. Und ich bin jung, sehe einigermaßen gut aus ... Ich kriege alle Telefonnummern, die ich will. Also habe ich darin nicht nur die Nummern des Bürgermeisters, der Mitglieder der Académie française, die Nummer des Polizeichefs ...«

»Sondern von noch wichtigeren Leuten?«, fragte Lacroix, als sie nicht weitersprach.

Sie sah sich um, dann fuhr sie flüsternd fort: »Zwölf der sechzehn Minister, der Chef der Geheimdienste und … die Nummer von Monsieur le Président.«

»Sie haben die Handynummer des Präsidenten?«

»Es hat sich so ergeben«, sagte sie trocken und nicht ohne hörbaren Stolz. »Es ist so schrecklich, diese Nummern in den falschen Händen … Natürlich wird der Dieb das Handy hacken, und dann kann er entweder all diese Nummern verwenden oder mich erpressen, und selbst wenn ich all dem zuvorkomme und all die Menschen informiere … dann werde ich aus Paris verbannt, das ist ja wohl klar. Ich bin zu einem Sicherheitsrisiko geworden. Warum habe ich sie auch mit ihren Klarnamen da drin?«

»Da steht wirklich *Monsieur le Président*? Und dann seine Nummer?«

»Ich habe seinen Namen geschrieben.«

»O Mann«, Lacroix fasste sich an die Stirn, »Sie sind ja nicht nur pathetisch, Sie sind auch furchtbar eitel.«

»Ich …«, sie schüttelte den Kopf, offenbar immer noch bass erstaunt über die eigene Dummheit.

»Ich weiß, ich hätte viel besser aufpassen müssen. Aber jetzt verstehen Sie, warum ich so besorgt bin?«

»Ich verstehe es, Mademoiselle, und ich gebe Ihnen recht. Das ist wirklich eine schlimme Situation.«

»Und?« Sie sah ihn mit offenem Blick an. »Werden Sie mir helfen?«

Lacroix zuckte mit den Schultern. »Einerseits bin

ich es den Menschen schuldig. Ihnen nicht. Aber den Ministern. Dem Bürgermeister. Dem Präsidenten. Schließlich geht es um ihren Schutz. Andererseits: Sie sind wirklich eine Plage, Mademoiselle. Und ich schwanke noch, ob Sie diesen Mist nicht selbst ausbaden sollten.«

»Commissaire, ich weiß, ich habe Sie so schlecht behandelt, und es tut mir …«

»Es tut Ihnen nicht leid, Mademoiselle«, fuhr er sie nun an, lauter, als er es gewollt hatte. »Es tut Ihnen nur leid, weil Ihnen das geschehen ist. Verwechseln Sie nicht Mitleid mit Selbstmitleid.«

»In Ordnung«, sagte sie und öffnete die Augen wieder, als prüfte sie, ob das Donnerwetter vorbeigezogen war. »Ich verspreche Ihnen: Wenn Sie mir helfen, dann werde ich das Gegenteil von dem schreiben, was ich bisher veröffentlicht habe. Ich werde Sie über den grünen Klee loben.«

»Sie haben es nicht verstanden, Mademoiselle Schneider. Sie müssen mich nicht loben. Sie müssen nur die Wahrheit schreiben. Und Sie müssen die Kampagne gegen meine Frau einstellen. Versprechen Sie das?«

Sie nickte, schnell und kräftig. »Ich verspreche es, Commissaire.«

Lacroix sah sich im Raum um, seine Stirn stand in Falten, dann, nach einer Weile, nickte er.

»Gut. Ich werde Ihr Telefon suchen. Und Sie werden es wiederbekommen. Ich werde mal die Kollegen im Siebten fragen, wer für diese Taten in dem Quartier in der Kartei steht. Es war gestern Abend?«

»Nach dem Abendgottesdienst. In dem kleinen Café in der Rue las Cases.«

»Das wird schon klappen, Mademoiselle. Machen Sie sich nicht zu viel Sorgen. Ich melde mich bei Ihnen.«

»Wissen Sie, dass es das erste Mal war, dass ich Sie beneidet habe um Ihre Unerreichbarkeit, Commissaire?«

»Hm«, sagte er. »Und Sie sehen ja: Wenn es wirklich wichtig ist, erreichen Sie mich. Und nun raus mit Ihnen, ich möchte frühstücken – und dann mache ich mich ans Werk.«

Sie stand auf und kramte in ihrem Portemonnaie. »Lassen Sie mal, Mademoiselle«, sagte Lacroix. Doch die junge Frau trat unruhig von einem Fuß auf den anderen. Der Commissaire sah auf. »Was ist denn?«

»Ich ... Sie haben noch nicht gesehen, was heute in der Zeitung steht, oder?«

»Wie meinen Sie? Nein, ich bin direkt hergekommen.«

Sie atmete schwer. »Das dachte ich mir. Ich dachte, wenn Sie auf dem Weg hierher sind und am Kiosk das Titelbild sehen, dann drehen Sie auf dem Absatz um ... Ich ... Die Zeitung wurde schon gedruckt, als mein Handy gestohlen wurde. Ich konnte nichts mehr stoppen ... Bitte, Commissaire, verzeihen Sie mir, was da steht. Ich hoffe, Sie helfen mir trotzdem.«

Lacroix sah sie wütend an. »Machen Sie, dass Sie hier rauskommen, bevor ich zum Tresen gehe und mir dieses Geschmiere anschaue. Und wenn Sie mein Wort haben, dann haben Sie mein Wort.«

Er sah ihr nach, wie sie das Bistro verließ, dann stand er langsam auf und durchquerte den Gastraum. »Deine *tartine* ist gleich fertig«, sagte Yvonne, als er am Tresen ankam. »Und? Was wollte sie?«

»Das erzähle ich dir ein andermal. Hast du mal den *Parisien*?«

»Sicher? Ich habe ihn extra verschwinden lassen, bevor du kommst.«

»Nun gib schon her.«

Widerwillig griff sie unter die Theke und reichte ihm die Zeitung. Als er das Titelbild sah, kniff er die Augen zusammen, weil es ihm kalt den Rücken runterlief. Was für eine furchtbare Journalistin.

Da war ein großes buntes Bild, das scharf und ganz nah zeigte, wie Lacroix dem jungen Yannick Duc die Hand auf die Schulter legte, daneben ein lächelnder Éric Seignosse. Und daneben gab es noch ein kleineres Bild. Es war verschwommen, so als hätte es ein Amateur gemacht. Aber es war noch schlimmer. Denn es zeigte Dominique und ihn auf der Tribüne von Roland-Garros, sie hielt ein Glas Champagner in der Hand, er sein Bierglas.

Die Überschrift darüber prangte wie ein schwarzer Block:

GESTERN POLIZIST – HEUTE SELBST EIN STAR
SO WOHL FÜHLT SICH COMMISSAIRE LACROIX
IN DEN FEINEN KREISEN UND MADAME LACROIX
MACHT WAHLKAMPF BEI ROLAND-GARROS

Natürlich war der Artikel von Romy Schneider. Doch Lacroix verzichtete darauf, den Text zu lesen.

Der kleine Artikel darunter lautete:

TOTAL VON DER ROLLE – UND DOCH IM FINALE:
WIE UNSER TENNISHELD VOM K. O.
SEINES GEGNERS PROFITIERT

Lacroix schmiss kopfschüttelnd die Zeitung wieder auf die Ablage hinter dem Tresen und zog sich den Teller heran, den Yvonne ihm eben hingestellt hatte.

Das dunkle Brot war mit dicken Scheiben Ziegenkäse belegt worden, dazu gab es Scheiben von frischen roten Fleischtomaten und reichlich Kräuter der Provence, dann hatte Yvonnes Mann alles zusammen im Grill überbacken. Dazu gab es einen kleinen grünen Salat mit der unverwechselbaren Vinaigrette des Chai de l'Abbaye.

Lacroix griff nach Messer und Gabel, doch dann sah er sich um, nahm das Brot in die Hand und biss genüsslich hinein. Das Brot war kross, und der Käse verlief so zartschmelzend und war so herrlich stark im Geschmack. Er aß das ganze Brot mit der Hand und musste über seine abhandengekommenen Manieren selbst grinsen. Aber so sagte es ja das Sprichwort: *Ist der Ruf erst ruiniert, lebt sich's gänzlich ungeniert.*

9

Es war eine Tradition, dass Lacroix bei jedem neuen Fall einmal die Gelegenheit nutzte, das Quartier Latin in Richtung Westen zu verlassen, den Boulevard Saint-Germain bis zu seinem Ende, dann wurden die Häuser weniger, es begannen die ausladenden Grünanlagen, er ging am Zoo und am Jardin des Plantes vorbei und querte dann über den Pont d'Austerlitz die Seine. Neben ihm auf dem Viadukt ratterte die weiß-grüne Metro der Linie 5 über den Fluss.

Hier, in einem kleinen roten Gebäude, das tief in den Eingeweiden der Stadt lag, befand sich das Institut médico-légal, vier Stockwerke, die allein der Pariser Rechtsmedizin gehörten, die letzte Instanz sozusagen für alle, die unter unklaren Umständen aus dem Leben geschieden waren. Sie wurden hierhergebracht, in die Etagen, die Docteur Obert seit so vielen Jahren leitete, dass Lacroix gar nicht mehr sagen konnte, wer vor Obert hier das Sagen gehabt hatte. Sie hatten als junge Männer zusammen begonnen und waren über die Jahre und die vielen gemeinsamen Fälle Freunde geworden.

Lacroix öffnete die Tür und stieg die Treppe hinab, der Geruch von Desinfektionsmitteln schlug ihm entgegen. Es war eine ganz eigene Stimmung in diesen Räumen mit ihren roten Backsteinwänden und dem schummrigen Licht – Obert bestand darauf, keine grellen Halogenleuchten in seinen Arbeitsräumen zu haben. »Ich bin ja kein Kellerkind«, sagte er immer. Er legte Wert auf gutes Licht, auch Tageslicht, das durch die Oberlichter ins Souterrain fiel.

»Mon cher commissaire«, hörte Lacroix, aber die Stimme kam überraschenderweise nicht aus dem Keller, sondern von der Treppe. Der Commissaire wandte sich um und sah, dass der alte Arzt gerade herunterkam. Er hielt zwei Kaffeetassen in den Händen.

»Na, waren Sie wieder in Ihrer liebsten Bar?«, fragte er.

»Sie wissen ja, dass mir die Stadt keine ordentliche Maschine bezahlt, also gehören die zwei Pausen am Morgen zu meiner Arbeitszeit. Ich dachte mir schon, dass Sie kommen, deshalb habe ich Ihnen einen *café* mitgebracht.«

»Merci«, sagte Lacroix und nahm die Tasse entgegen. Sie trug das Logo der Bar, die sich ein Stück die Straße herunter befand.

»Ich habe Neuigkeiten für Sie. Keine guten und keine schlechten, nur Neuigkeiten«, begann Docteur Obert. »Normalerweise bringen Sie mir ja ganze Körper, aber diesmal nur kleine Fingerspuren. Nun gut, ich habe vom Tennisspieler und seinem Vater ja die Abdrücke genommen, also konnte ich sie ausschließen. Von denen waren natürlich massenhaft Fingerabdrücke auf dem Schrank. Aber ich habe auch die einer anderen Person gefunden.«

»Wirklich?«, fragte Lacroix und spürte die innere Anspannung.

»Ja, das habe ich. Was wir nun feststellen können: Es

war kein polizeibekannter Meisterdieb, kein Krawall-Jugendlicher, überhaupt kein Vorbestrafter und auch kein Polizist.«

»Ich verstehe, was Sie mir sagen wollen: Sie haben die Abdrücke nicht in der Datenbank gefunden.«

»So ist es, Commissaire. Aber wenn Sie mich fragen: Es sind die Abdrücke des Täters. Sie befanden sich an jener Stelle am Schloss, an der die Nummern eingegeben werden. Ich habe dort einen ganzen und mehrere halbe Abdrücke nehmen können, die alle zu ein und derselben Person gehören. Und auch am Schrank selbst. Ganz klar: Es sind Abdrücke der Finger, die die Schranktür aufgezogen haben. Es tut mir leid, *mon cher*. Ich hätte es gern gesehen, wenn der Computer gleich jemanden ausgespuckt hätte. Aber den Rest müssen Sie daraus machen.«

Lacroix kratzte sich am Kopf.

»Was wir daraus schließen: Der Täter wollte kein Aufsehen erregen, also hat er keine Handschuhe oder dergleichen getragen. Und er ist ganz überlegt vorgegangen: Er wusste, dass er keine Angst haben musste, entdeckt zu werden, weil seine Fingerabdrücke nirgendwo hinterlegt waren.«

»Eine gute Schlussfolgerung. Haben Sie denn schon eine Idee, wer es war, Maigret?«

»Sie sollen mich nicht so nennen, verehrter Docteur, das wissen Sie doch. Ihr *café* war übrigens hervorragend.«

»Danke, *mon cher*. Wie geht es Ihrer Frau? Sie stehen ja ganz schön im Sperrfeuer, Sie beide.«

»Damit wird es bald vorbei sein, Docteur.«

»Ach ja, wie denn das?«

»Wir werden sehen.«

»Gut, und ich erhebe schon mal Anspruch auf eine eigene Kaffeemaschine, sollte Ihre Frau gewählt werden. Meine Stimme jedenfalls hängt davon ab.«

»Sie wissen ja, Docteur, weder Dominique noch ich sind käuflich. Aber wenn Sie mich nie wieder Maigret nennen, dann kaufe ich Ihnen eine, versprochen.«

»Hach«, sagte Obert und legte dem Commissaire eine Hand auf die Schulter, »nein, das macht mir einfach zu viel Freude. Und Sie wissen ja, eigentlich liebe ich meine Bar. Es gibt da eine neue Barfrau, die mir immer Komplimente zu meinem Arztkittel macht. Also, es könnte alles schlimmer sein.«

Lacroix lachte. »Sie sind ein sehr besonderer Mann, Docteur. Ich danke Ihnen. Ich melde mich, wenn ich mehr weiß.«

»Ich wende mich nun wieder meinen Toten zu.«

Lacroix stieg die Treppe empor und trat wieder hinaus ans Licht.

Der Frühsommer hatte die Luft zur frühen Mittagsstunde deutlich aufgewärmt, und durch die Blätter der Laubbäume, die am Flussufer standen, fielen die Sonnenstrahlen. Der Commissaire überquerte wieder den Fluss und achtete dann darauf, immer an der Seine entlangzugehen, bis nach einer Viertelstunde die Kathedrale von Notre-Dame in den Blick kam. Immer noch waren die Gerüste daran befestigt, die Arbeiter und Konstrukteure bemühten sich unermüdlich, die Pfeiler und Stützen der Kirche zu rekonstruieren, bevor sie sich dann eines fernen Tages dem Dach widmen würden. Aber bis dahin war es noch ein weiter Weg. Manches Mal sandte Lacroix im Abendgottesdienst seines Bruders Stoßgebete zum Himmel, so dankbar war er, dass durch das Feuer die Zwillingstürme nicht in Mitleidenschaft gezogen worden waren – sie waren echte Leuchttürme für diese Stadt. Das Antlitz von Paris war verschont geblieben, ein Glück. Den Rest würden sie wieder aufbauen, und Lacroix hoffte, dass seine Gesundheit so gut blieb, dass er das noch erleben würde.

Als er an der Kathedrale angekommen war, machte er noch einen Schlenker über die Île de la Cité. Die Place Dauphine schenkte ihm immer die nötige Ruhe, um kurz seine Gedanken ordnen zu können. Es gab da, gleich hinterm Justizpalast, ein paar Bänke, auf denen es sich im Schatten ausruhen ließ. Hier nahm Lacroix Platz und blickte ganz zufällig auf das Bistro, in das Simenon stets seinen Helden Commissaire Maigret zum *déjeuner* geschickt hatte. Leider war dieser Laden heute längst nicht mehr so gut wie früher und in der Phantasie des großen Autors. Es gab dort keine Innereien mehr, keine Nierchen, keine Kutteln, sondern schlichteste Touristenküche: schlechtes *tartare*, noch schlechteres Steak und natürlich das elende Rauchverbot. Wer wollte schon am Tage ein Bier trinken, wenn er dazu keine Pfeife rauchen konnte?

Als er ein Taxi sah, das auf dem Platz hielt, stand er auf und ging darauf zu. Der Fahrer stieg gerade aus und blickte ihn an.

»Oh, Commissaire«, sagte der Mann, ein älterer Schwarzer.

Das Erkennen war beiderseitig: Lacroix wusste, dass sie schon miteinander gefahren waren. »Monsieur, es freut mich, sagen Sie, sind Sie frei?«

»Eigentlich wollte ich Pause machen, ich liebe diesen Ort hier, aber für Sie … Wo soll es denn hingehen?«

»Roland-Garros«, sagte Lacroix.

»Ach, na das trifft sich ja, das ist eine gute Strecke, um danach Feierabend zu machen. Ich wohne draußen in Nanterre. Kommen Sie bitte, steigen Sie ein.«

Lacroix machte es sich im Fond des Wagens gemütlich und ließ das Fenster herunter, um die warme Luft hereinzulassen.

»Gehen Sie als Tennisfan oder als Commissaire?«

Der Fahrer betrachtete Lacroix' Gesicht im Rückspiegel.

»Wenn ich Ihnen die Wahrheit sagen würde, dann müsste ich Sie umbringen, Monsieur.«

»Na, wenn das so ist, fahre ich Sie besser in aller Stille und mache danach friedlich Feierabend.«

Lacroix sah die Stadt am Fenster vorbeifliegen. Er wäre gern gelaufen, aber wenn der junge Duc am nächsten Tag wirklich das Finale spielen wollte, drängte die Zeit. Die Fingerabdrücke hatten ihn nicht weitergebracht. Ärgerlich. Aber nun musste es mit den alten Spielregeln gehen. Mit Gesprächen. Mit Fragen und Antworten. Und dem Aufdecken von Lügen. Menschen hatten immer gelogen – und würden es immer tun. Lacroix hatte die meisten seiner Fälle gelöst, weil er die Wahrheit von der Lüge zu unterscheiden gelernt hatte.

Der Commissaire war so in Gedanken, dass er erst wieder in die Wirklichkeit zurückkehrte, als das Taxi hielt und der Fahrer von vorne freundlich sagte: »*Arrivés, commissaire.* Zweiunddreißig Euro und achtzig Centimes, *s'il vous plaît.*« Lacroix zahlte und wartete auf sein Wechselgeld, dann sagte er: »Schönen Feierabend, Monsieur, und bis zum nächsten Mal.«

Der Sicherheitsmann am Eingang zu Roland-Garros ließ ihn passieren, und der Commissaire wandte sich der Kabine zu. Dort stand die Tür diesmal sogar offen, und er nahm den langen Gang, der heute von Tageslicht durchdrungen war.

Es herrschte viel Betrieb. Lacroix sah einen Spieler, der nur in ein Handtuch gewickelt aus der Dusche kam, vor einem anderen Spind saßen zwei, die ihre Schuhe anzogen und sich unterhielten, und dann sah er auch Yannick Duc, der gerade sein Trikot überstreifte. Sein Vater stand neben ihm und redete auf ihn ein. Lacroix machte etwas langsamer, doch der Trainer sah ihn gleich und kam ein Stück auf ihn zu.

»Commissaire, ich … es tut mir leid.« Er senkte den Kopf. »Das mit gestern, meine ich.«

»Alles gut«, sagte Lacroix, »Sie waren noch voller Adrenalin, und heute ist ja ein neuer Tag.« Er trat näher und begrüßte Yannick Duc. »*Bonjour*, Monsieur.«

»Commissaire, guten Morgen.«

»Haben Sie schon etwas …«, begann der Vater und sah den Polizisten beinahe flehend an.

»Nein, leider haben wir keine Anhaltspunkte – und auch die Fingerabdrücke waren nicht in unserer Datenbank.«

»Verdammt«, entfuhr es ihm, »das wäre ja auch zu schön gewesen.«

»Hier ist ja die Hölle los – ich hätte nicht gedacht, dass während des Turniers so viele Leute zum Trainieren herkommen …«

»Das ist das Besondere an Roland-Garros«, antwortete Yannick Duc. »Deshalb ist es so ein schönes, familiäres Turnier. Hier sind neben den Teilnehmern auch die ganz normalen Mitglieder des Vereins, die auf den Trainingsplätzen spielen. Deshalb ist es selbst für Weltstars wie Hoellerer oder Nikolic ein echtes Fest, hier anzutreten.«

»Aber ist das nicht störend, ständig von anderen Spielern umgeben zu sein?«

»Ach was, die müssen duschen und ich auch. Was soll mich da stören? Und drei Stunden vor den Matches ist dann hier auch alles gesperrt. Das reicht mir für die Konzentration.«

»*D'accord.* Ich …«, Lacroix sah erst den Sohn und dann den Vater ernst an, »… ich wollte noch einmal fragen, ob Ihnen beiden noch etwas eingefallen ist? Irgendjemand, den Sie gesehen haben? Etwas, woran Sie sich vielleicht gestern Nacht wieder erinnert haben?«

»Nein, leider nicht«, sagte Yannick schnell, und sein Vater schüttelte neben ihm missmutig den Kopf.

»Meine Kollegen haben die Videoaufnahmen durchgesehen, deshalb sind wir uns sicher, dass niemand Ihre

Tennistasche hinausgeschmuggelt hat. Hinten gibt es leider keine Kameras. Aber ehrlich gesagt weiß ich jetzt auch nicht, wie wir weitermachen könnten. So leid es mir tut: Wenn es keine neuen Hinweise gibt, muss ich die Ermittlungen einstellen.«

»Aber … das kann doch nicht sein. Es geht um Roland-Garros – und um den größten Tennisstar des Landes.« Der Vater sprach wieder in wütendem Ton, die Zurückhaltung war verflogen.

»Und es geht um einen Tennisball, Monsieur Duc«, sagte Lacroix trocken. »Ich werde weitersuchen, aber es wäre gut, wenn Sie wirklich noch einmal nachdenken, wer für den Diebstahl verantwortlich sein könnte. Einen guten Tag.«

Als Lacroix Minuten später wieder an der frischen Luft stand, sah er, dass alle Trainingsplätze belegt waren. Es waren also wirklich viele »ganz einfache« Mitglieder, die hier spielten. Er musste herausfinden, ob einer von ihnen mit Yannick Duc in Kontakt stand. Aber dafür brauchte er die Mitgliederliste. In diesem Augenblick traten am anderen Ende der Kabinen die beiden Ducs heraus. Sie gingen zu einem der Trainingsplätze am Rande der Anlage.

Lacroix blieb im Schatten eines Baumes stehen und sah ihnen noch eine Weile zu. Erst wärmte Yannick Duc sich auf, dann schickte der Vater die Bälle übers Netz. Der ältere Duc spielte gut, scharfe Schläge, sicher in der Position, ganz nach rechts, ganz nach links, immer verteilt über den Platz, kein Ball ging daneben. Ein wahres Ballfeuerwerk. Der junge Mann hastete den

Bällen hinterher und bekam die meisten. Aber obwohl er so weit weg stand, konnte Lacroix in seinem Gesicht zweierlei sehen: Erstens hatte er keinen Spaß, keine Freude beim Spielen, sah vielmehr reichlich verkniffen aus – und zweitens lag vor seinen Augen ein Schleier, denn er war in Gedanken ganz woanders.

10

Lacroix war wieder vom Stadion bis zu Radio France gelaufen, dann hatte er den Bus der Linie 70 genommen, genau wie am Tag zuvor. An der Rue de Buci stieg er aus und widerstand tatsächlich der Versuchung, auf ein kleines Bier im Chai einzukehren. Es geschah nicht oft, dass er einfach vorbeiging, ohne zumindest auf einen kleinen Schwatz zu bleiben, doch jetzt gerade war ihm nicht danach.

Stattdessen blieb er in der zweiten Etage des Hôtel de Police kurz stehen, dann nickte er und trat ein in das kleine und verstaubte Museum der Pariser Polizeigeschichte. Wenn er einmal nicht mehr weiterwusste, kam er hierhin. Die Frau am Eingang nickte ihm ihrerseits zu, und er spürte ihre Blicke im Rücken. Eine Kasse gab es hier nicht, denn der Eintritt war frei. Aber es kamen sowieso kaum Touristen, eher Polizisten aus allen Teilen des Landes auf Hauptstadturlaub wie jene, die er gestern getroffen hatte.

Der Commissaire ging an den alten Exponaten vorbei, die zwei-, nein, sicher dreihundert Jahre Ermittlungsgeschichte zeigten. Da gab es alte Waffen, Schlagringe, Pistolen, die Koffer der Vorgänger von Docteur Obert, die schon vor hundert Jahren mit Pferdehaarpinseln Fingerabdrücke genommen hatten. Die Umrisse einer Leiche war auf den Boden geklebt. Immer gab es auch

Wandtafeln mit Beschreibungen der aufsehenerregendsten Verbrechen. Die waren für den Commissaire besonders aufschlussreich: Allzu oft hatte er festgestellt, dass es ähnliche Morde schon einmal gegeben hatte – oder er wurde auf besonders perfide Motive aufmerksam. Denn die Menschen waren über die Jahrhunderte nicht besser oder schlechter geworden, auch nicht einfallsreicher oder moderner; die Abgründe, Sehnsüchte und Gründe für Verbrechen waren all die Jahre stets gleich geblieben.

Nur heute ging er etwas ratlos durch die Ausstellung. Er fragte sich, was er eigentlich gerade tat. Es war doch kein richtiges Verbrechen geschehen. Ein verschwundener Tennisball. Ein Talisman. Womit vergeudete er da seine Zeit? Klar, es ging um die French Open und um den möglichen Sieg eines Landsmannes – aber rechtfertigte das wirklich seine Ermittlungen? Und was hatte dieser schweigsame junge Mann zu verbergen?

Nach einer Runde durch die Räume dankte er der Empfangsdame und stieg die restlichen Treppen hinauf in die dritte Etage, die seine Abteilung einnahm. Rio und Paganelli sahen auf, als er eintrat, und die schwarze Capitaine, die als Kind aus der französischen Kolonie Guadeloupe in die Hauptstadt gekommen war, konnte nicht an sich halten.

»Commissaire, wir wissen, Sie wollten das alles alleine klären, aber ich habe trotzdem mal recherchiert. Oder haben Sie die gestohlene Tasche mittlerweile gefunden?«

»Nein«, sagte Lacroix und ließ durch seine Miene erkennen, dass er immer noch im Dunkeln tappte. »Und ich bin wirklich sehr froh, dass Sie mir helfen wollen.«

»Leider gibt es nicht das eine Motiv oder den einen Feind. Der junge Mann war allseits beliebt, Paganelli hat alle Presseartikel über ihn durchforstet. Yannick Duc hat keine Leichen im Keller, keine Steuerhinterziehung, kein Doping, nichts.«

»Ein sauberer Spitzensportler? Eigentlich unmöglich«, sagte Lacroix lächelnd, und die Kollegen lachten mit.

»Sogar ein Weltmeister. Er hat im letzten Jahr die ATP Tour gewonnen, das ist der zweitwichtigste Sieg nach den Grand Slams – und damit ist er der erste Franzose, der Weltmeister im Tennis geworden ist«, erklärte der Korse.

»Aber eigentlich gelten nur die Grand-Slam-Turniere: Also Australian Open, French Open, Wimbledon und US-Open. Zum ersten Mal wollte er dieses Jahr die gesamte Tour anpacken, die Australian Open hatte er schon im Sack. Und wollte deshalb wohl auch nach Paris, weil der Sieg jetzt möglich schien.«

»Wie? Meinen Sie, er hat vorher nie hier gespielt?«

»Das ist ja das Merkwürdige. Es ist seine erste Teilnahme an den French Open – und sein erstes Spiel in Paris überhaupt, seit er im Profitennis ist.«

Lacroix kratzte sich am Kopf. »Wie kann das sein? Er schwärmt so von der Atmosphäre hier, er liebt Roland-Garros, er kommt aus Paris – warum soll er es bisher gemieden haben?«

»Es gab jedes Mal eine andere Begründung, oder, Paganelli?« Rio sah ihren Kollegen an.

»Ja, letztes Jahr soll er die Grippe gehabt haben. Das Jahr davor eine Knöchelverstauchung. Das Jahr davor eine wichtige Reise zu einem Turnier in Baku. Aber ehrlich gesagt: Er war immer die Woche danach wieder fit. Wenn Sie mich fragen, findet er immer eine neue Ausrede.«

»Aber was sollte der Grund dafür sein?«

»Hm, warum meidet einer, der aus Paris stammt, diese Stadt?«

Paganellis Stimme hallte durch den Raum.

»Klingt wie eine alte Rechnung.«

Lacroix' Antwort blieb unwidersprochen im Raum stehen.

11

Commissaire.«

Der Ruf von Jade Rio klang anders als sonst, und als er durch die Glasscheibe in das Großraumbüro blickte, sah er, wie sie ihm, den Hörer in der Hand, einen ernsten Blick zuwarf. Schnell stand er auf und durchschritt den Raum. Er nahm den Hörer entgegen und fragte: *»Oui?«*

»Commissaire Lacroix, hier ist Éric Seignosse.« Die Stimme der Tennislegende schien von weit herzukommen. »Jetzt geht es um mehr als einen Ball. Können Sie sofort herkommen?«

»Was ist geschehen?«

»Yannick ist niedergeschlagen worden. Genau auf den Kopf. Das … das war ein Mordanschlag. Er lebt. Aber er ist auf dem Weg ins Krankenhaus.«

»Mon dieu«, erwiderte Lacroix. Damit hätte er nicht gerechnet. »Ich komme sofort. Haben Sie die Polizei verständigt?«

»Nein, ich habe den Sicherheitsdienst davon abgehalten. Ich will, dass Sie das übernehmen.«

»Ich bringe mein Team mit. Geben Sie uns zwanzig …«, er sah die entschlossene Miene von Capitaine Rio, »nein, fünfzehn Minuten.« Dann legte er auf. »Yannick Duc ist angegriffen worden. Wir müssen sofort aufs Tennisgelände. Wo ist Paganelli?«

»Draußen, er holt uns *café*.«

»Rufen Sie ihn an, wir sammeln ihn unterwegs ein.«

»Ich hole den Wagen«, sagte Rio, griff nach ihrer schwarzen Lederjacke und war schon auf dem Weg die Treppen hinunter, die Tiefgarage befand sich unten im Bauch des Hôtel de Police.

Lacroix wiederum holte seinen Hut und den leichten Sommermantel, vergaß auch nicht die Pfeife, dann nahm er die Treppe, und gerade, als er das Gebäude verließ, sauste Rio um die Ecke. Paganelli saß schon mit im Wagen. Lacroix stieg hinten ein. Dann fuhr die Capitaine mit quietschenden Reifen an, während der Korse das Blaulicht aufs Dach des Zivilfahrzeugs setzte.

»Wir sind uns auf der Treppe begegnet«, sagte Rio erklärend, während sich die beiden Männer krampfhaft an den Griffen festhielten, als sie die Kurve zum Quai mit reichlich überhöhter Geschwindigkeit nahm. Die Fahrer vor ihnen wichen mit ihren Wagen panisch aus, als sie die Sirene hörten, sodass Rio einfach immer geradeaus fuhr, bis sie am Pont Alexandre III die Seine überquerte, dann auf die Champs-Élysées abbog und in Sekundenschnelle den Kreisverkehr am Arc de Triomphe umrundete. Die Avenue Foch hinunter rasten sie, dann auf den Périphérique, eine wilde Raserei auf der linken Spur und dann hektisch ganz nach rechts rüber. Lacroix schloss die Augen. Dann unterfuhren sie den Prinzenpark und erreichten schon das Villenviertel, das an den Bois de Boulogne angrenzte.

Rio ließ den Wagen auf den Bürgersteig schleudern, Paganelli nahm das Blaulicht herunter und klappte die

Police-Sonnenblende herunter, damit sie nicht abgeschleppt wurden.

»Hier entlang, denke ich«, sagte Lacroix und führte sie den Weg entlang, den er erst am Morgen genommen hatte – jetzt aber tat er es unter ganz anderen, viel dramatischeren Vorzeichen.

Es war wieder Éric Seignosse, der ihnen entgegenkam. Und Lacroix sah, wie der Korse zusammenzuckte – er war eben doch ein absoluter Sportfan, auch wenn er Tennis bisher immer als Reichensport gesehen hatte. Der Spieler gab dem Commissaire die Hand, dann Rio und dann auch Adolphu, der stammelte: »Éric, es ... es ist mir eine Ehre.«

»Ganz meinerseits«, sagte Seignosse. Dann wandte er sich wieder an den Commissaire.

»Es ist wirklich schrecklich ... Kommen Sie.«

Er führte sie ins Gelände hinein, vorbei an zahlreichen Männern mit Security-Jacken. Offenbar waren die Sicherheitsvorkehrungen vorm Finale noch verstärkt worden. Am Stadion gingen sie wieder in den Katakomben-Eingang, die Treppe hinab und den langen Flur entlang. Lacroix kam es vor, als wäre er nun schon Dutzende Male hier gewesen.

»Yannick war in der Umkleidekabine, er kam gerade vom Frühtraining. Sein Vater hat eine Videoanalyse von Roger Hoellerer vorbereitet, sie hatten ja fest mit Nikolic als Gegner gerechnet. Deshalb war Yannick allein. Offenbar hat man ihn von hinten angegriffen und niedergeschlagen. Es ...«

Er blieb im Flur stehen, als fiele es ihm schwer, weiterzugehen. Lacroix schob sich an ihm vorbei und sah, warum: Da war Blut. Viel Blut. Es klebte auf den Fliesen und trocknete schon. Rio und Paganelli traten neben ihn.

»Verdammt, das sieht übel aus.«

»Kriegen Sie raus, in welche Klinik er gebracht wurde«, sagte Lacroix zu Rio, »wir müssen ihn gleich dort aufsuchen.«

»Hoffentlich ist er ansprechbar«, erwiderte Rio, und Lacroix nickte.

»Wir haben die *ambulance* ins American Hospital geschickt«, sagte Seignosse, der neben sie getreten war. »Mit denen haben wir einen Vertrag für unsere Spieler, denn … Sie wissen ja, wie es in den Pariser Krankenhäusern aussieht.«

Ja, Lacroix wusste es. Auch so ein Bereich, in dem Dominique viel zu tun hätte als Bürgermeisterin. Der Zustand der Hospitäler war desolat. Klar, dass die Reichen sich in private Krankenhäuser bringen ließen – und das American Hospital im Nobelvorort Neuilly war die erste Adresse.

»Gut zu wissen«, erwiderte der Commissaire. »Rio, organisieren Sie eine verstärkte Bewachung für das Krankenhaus. Ich will keine Besucher und keine Presse. Wenn der *Parisien* davon Wind bekommt, machen die eine Riesenwelle.«

»Wird gemacht, Commissaire.«

»Und fragen Sie dort nach, ob der junge Mann schon vernehmungsfähig ist. Nach dem Tatort zu urteilen, wird es noch dauern …«

Er warf noch mal einen Blick auf das viele Blut.

»Gibt es denn hier keine Videoüberwachung?«, fragte der Korse und blickte auf der Suche nach Kameras hinauf zur Decke.

Éric Seignosse sah ihn überrascht an. »Wo denken Sie hin, Monsieur? Das hier ist ja nicht nur eine Umkleidekabine, hier schließen gleich die Duschen an – und ich denke nicht, dass Frankreichs führender Tennisclub seinen Mitgliedern und Gästen beim Duschen zusehen möchte.«

»Ah, verstehe«, antwortete der Korse und tauschte mit Rio ein Grinsen aus.

»Ich weiß, Sie sind hier alle sehr diskret«, sagte Lacroix, »und vorher hätte ich auch davon abgesehen, danach zu fragen. Aber jetzt ist die Lage anders, Monsieur Seignosse. Bitte, ich brauche dringend die Mitgliederliste des Vereins. Wir müssen wissen, wer hier ein und aus gehen kann. Auch jetzt, während des Turniers.«

»Natürlich, Commissaire«, erwiderte Seignosse. »Ich schicke sofort jemanden, der Ihnen die Liste besorgt.«

»Vielen Dank. Dann sind wir hier fertig, Paganelli, Sie fragen weiter rum, ob jemand etwas gesehen hat. Rio, wir fahren ins Kommissariat. Monsieur Seignosse, wir melden uns, sobald wir mehr wissen.«

12

Lacroix hasste Sackgassen. Und jetzt saß er in einer. Er hatte nicht die geringste Idee, wie er diese undurchdringliche Mauer, die sich vor ihm auftat, durchbrechen sollte. Wenden war auch nicht möglich. Morgen war das Finale. Er war es Yannick Duc schuldig, den Täter zu finden.

Vielleicht war er es sogar dem ganzen Land schuldig, auch wenn das ziemlich pathetisch klang, wie er sich eingestand.

Der junge Mann lag im Krankenhaus, derzeit waren keine Antworten von ihm zu erwarten. Und ein solcher Schlag auf den Kopf löschte bei vielen alle Erinnerungen an die letzten Minuten für immer aus. Der Vater war auch keine Hilfe.

Er schloss nicht oft die Tür zu seinem Büro, er mochte nämlich die Geräuschkulisse, die von nebenan zu ihm drang. Die leisen Gespräche seiner Mitarbeiter, das gelegentliche Telefonklingeln, der Drucker, der kaum vernehmbar surrte. Doch heute machte er die Tür zu. Er wollte absolute Ruhe. Er brauchte sie.

Die Glasscheibe zum Großraumbüro war leer, und er verfluchte sich dafür, dass er Rio nicht gebeten hatte, Fotos von Yannick Duc und allen anderen am Fall Beteiligten aufzuhängen. Aber er wollte unbedingt, dass die ganze Sache so vertraulich blieb wie möglich. Wenn hier auch nur ein Putzmann das Bild vom größten Tennisstars des Landes sehen würde – an seiner Wand mit den aktuellen Fällen –, dann wäre die Lawine von Schlagzeilen nicht mehr aufzuhalten. Aber woran sollte er sich festhalten? Er brauchte etwas, auf das er seine Gedanken konzentrieren konnte, sie gewissermaßen statisch aufladen.

»Ah, *mais oui*«, murmelte er und schloss kurz die Augen wegen der eigenen Vergesslichkeit. Ihm war die Liste eingefallen, die in seiner Manteltasche steckte.

Er blickte unwillkürlich auf die Uhr. Noch eine Stunde bis zum Beginn der Wahlkampfveranstaltung. Das sollte reichen. Was sollte da schon groß draufstehen? Lacroix zog die Liste aus der Innentasche und breitete sie auf seinem Schreibtisch aus. Dann warf er einen Blick durch die Glasscheibe. Nur Rio war nebenan und telefonierte, von Paganelli war nichts zu sehen. Also konnte er es riskieren.

Im Hôtel de Police galt striktes Rauchverbot. Aber für diese Arbeit, die Konzentration erforderte, brauchte Lacroix seine Pfeife. Rio war das egal, sie hatte nichts gegen den leicht süßlichen Geruch, der dann aus seinem Büro waberte. Der Korse dagegen war die absolute Schnüffelnase – und zudem fanatischer Nichtraucher. Vorgesetzter hin oder her, das wollte der Commissaire ihm nicht zumuten. Aber heute schien er freie Bahn zu haben. Er griff nach dem Aschenbecher, den er in seinem Schreibtisch versteckt hielt, klopfte die Pfeife aus und stopfte sie gewissenhaft neu. Dabei überflog er erst mal das Deckblatt.

Mitgliederverzeichnis des Tennisvereins von Roland-Garros
Vorsitzender: Éric Seignosse
Der Verein ist Mitglied in der Fédération Française de Tennis.

Als er fertig war, entzündete er ein Streichholz und hielt es an den Tabak. Es knisterte, und dann glühte das Kraut, dampfte, und Lacroix nahm den ersten Zug. Ganz sanft war der Geschmack, dann nahm er noch einen, lehnte sich zurück und nahm die Liste zur Hand.

Sie war alphabetisch geordnet. Da standen die Namen der Mitglieder, ihre Adressen, die Geburtsdaten, die Dauer ihrer Mitgliedschaft. Sehr übersichtlich und groß gedruckt. Hier dachte man noch an die älteren Bürger. Lacroix musste grinsen. Die Pfeife hatte ihm seine innere Ruhe wiedergegeben.

Er ging die Liste sehr genau durch. Es war beeindruckend, wie lange manche Mitglieder schon in dem Verein waren. Tennis schien sich in diesem Bezirk von Paris durch sehr viele Leben zu ziehen, und zwar von der Jugend an.

Lacroix las die Namen. Natürlich: Es war eine Crème de la Crème des Pariser Gesellschaftslebens. Noch immer galt Tennis als ein Sport für die Wohlhabenden, und der Club am Stade Roland-Garros war vielleicht der bedeutendste im ganzen Land. So erkannte der Commissaire viele der Namen wieder. Es waren bedeutende Industriebosse mit ihren ganzen Familien, der Bürgermeister aus dem Sechzehnten mit seiner Frau, hohe Angehörige des Militärs und Professoren der Sorbonne. Und er musste kurz auflachen, als er auch Arnauds Namen auf der Liste entdeckte. Daher kannten sich Seignosse, der Sicherheitschef und Mercier also. Obwohl er zweifelte, dass der Boss der Pariser Polizei jemals wirklich zum Schläger gegriffen hatte. Mercier war zwar schlank für sein Alter, ganz anders als Lacroix, sportlich aber war er nicht. Der ewige Junggeselle saß lieber beim Apéro irgendwo an der Côte d'Azur, mit einer neuen jungen Eroberung. Übel nehmen konnte Lacroix es ihm nicht. Es war der Lebenswandel, für den sich Mercier entschieden hatte, als er mit weit über vierzig noch immer ohne Frau und ohne Familie war. Ganz anders als Lacroix, der seine große Liebe früh gefunden hatte. Es war Schicksal und Gottes Segen, mehr nicht.

Lacroix las weiter, dann sprang er eine Zeile weiter. Genau unter Mercier war ihm etwas ins Auge gestochen. Er las den Namen, doch er kannte ihn nicht. Das konnte es nicht gewesen sein.

Er las noch mal die ganze Zeile. Und stutzte.

Das konnte doch nicht wahr sein.

Noch einmal las er.

Das konnte doch kein Zufall sein.

Das Geburtsdatum lautete: 29.2. Eines der bedauernswerten Menschenkinder, die nur alle vier Jahre Geburtstag hatten. Ein Schaltjahres-Kind. Er dachte an den Code, den er Yannick Duc hatte eingeben sehen. 2-9-0-2. Und er hatte sich gefragt, was das für ein komisches Datum war. Allein das hätte noch ein Zufall sein können. Es gab schließlich immer noch genug Menschen, die an diesem Tag ihr Jubiläum feierten. Aber dann stand da noch mehr.

Abdul Slimane. Geboren am 29.02.1992.
Mitglied seit 1998.

Das Geburtsdatum stimmte mit dem Code des Schrankes überein. Aber auch das Jahr des Vereinseintritts stimmte. Genau zu dieser Zeit hatte auch Yannick Duc mit dem Tennisspielen in Roland-Garros begonnen. Die beiden mussten sich also kennen. Und Yannick hatte das Geburtsdatum des anderen jungen Mannes als Sicherheitscode für seinen Spind gewählt. Warum hätte er das tun sollen?

Verdammt. Lacroix war die Uhr wieder eingefallen. Es war schon eine Dreiviertelstunde vergangen, seitdem er zum letzten Mal darauf geblickt hatte. Er musste los, dringend. Die Pfeife war während seiner Grübelei ausgegangen. Er sah noch einmal auf die Liste und fand die Adresse sofort:

19, Avenue Gutenberg, 92800 Puteaux

Eine ganz andere Gegend als der Bois de Boulogne. Ein ganz anderes Quartier. Eine ganz andere Perspektive. Und trotzdem spielte der junge Mann in diesem Club. Das musste etwas bedeuten.

Lacroix stand vom Schreibtisch auf, nicht ohne die Liste vorher ordentlich wegzuschließen. Er brauchte Antworten – und er würde sie bekommen.

Aber nun hatte er erst mal ein anderes Ziel. Lacroix hastete aus seinem Büro, wünschte Rio einen schönen Abend und ging schnell die Treppe herunter, Gott sei Dank kam gleich ein Taxi.

»Boulevard de Belleville«, sagte er, und der Fahrer blinkte und fuhr los.

13

»… nicht mehr hören, wenn ich sagen würde: Ich bin nicht eine aus der politischen Klasse, ich habe mit den Politikern nichts zu tun. Das wäre doch Quatsch. Warum sollten Sie das glauben, liebe Zuhörerinnen und Zuhörer. Andere Politiker sagen Ihnen das seit Jahren – und hinterher, wenn sie dann gewählt sind, sind sie doch wie alle anderen auch. Sie hängen an ihrer Macht, lassen sich korrumpieren und vergessen jene, die sie gewählt haben. Aber es gibt auch andere Typen in diesem System – und das sind gute Menschen. Ich bin eine von ihnen, und ich sage Ihnen ganz offen: Ich bin Politikerin. Schon sehr lange. Und ich bin stolz darauf. Weil es kein Beruf ist, für den man sich schämen müsste – wenn man etwas daraus macht. Und ich mache jeden Tag etwas daraus. Ich begreife mein Amt als Handlungsanweisung: Ich will für Sie alle das Leben in Paris besser machen.

Ich werde die Luft in Paris besser machen, indem ich den Nahverkehr ausbaue. Und zwar nicht nur für die, die ohnehin hier leben, sondern auch für jene, die zwei Stunden täglich mit der RER fahren müssen und deshalb lieber das alte Auto nehmen und dann hier auf der Rue de Rivoli im Stau stehen. Ich werde die sozialen Institutionen stärken, damit die Flüchtlinge nicht mehr im Freien um Essen betteln müssen, unter der Metro bei Stalingrad. Ich werde organisieren, dass die Obdachlosen von den Seine-Quais nachts eine Bleibe haben, genau wie jene, die Nacht für Nacht an der Opéra auf den Metro-Abluftschächten schlafen, weil es dort warm ist. Ich werde die Kultur stärken, ich will wieder, dass Maler, Bildhauer, Autoren und Musiker günstige Ateliers haben und Proberäume, damit hier nicht nur Gewinne macht, wer sowieso viel Geld hat. Das alles will ich mit Ihnen erreichen, und – und das sage ich, weil Sie und ich die gleiche Zeitung lesen – ich werde die innere Sicherheit stärken, weil ich Tag für Tag erlebe, in welche Gefahren sich unsere Polizistinnen und Polizisten bringen und wie wichtig dieser Berufsstand für das Sicherheitsgefühl in unserer Stadt ist. Ich verspreche Ihnen: Ich werde Ihnen nicht einen Polizisten wegnehmen, sondern ganz viele neue dazu-engagieren. Sie haben in mir eine Partnerin für Paris – und ich bitte Sie darum nur um zwei Dinge: Ihr Vertrauen und Ihre Stimme. Wählen Sie mich zu Ihrer neuen Bürgermeisterin. Ich danke Ihnen.«

Erst war es ganz still, sicher einige Sekunden lang, doch für Lacroix fühlte es sich an wie Stunden. Aber dann geschah es: Applaus brandete auf, nein, es war nicht nur Applaus, es war Jubel, frenetisch klatschten und pfiffen sie. Die Männer auf der Bühne umrundeten Dominique, sie alle wollten ihr die Hand geben, sie umarmen, einer drückte ihr ein riesiges Blumenbukett in die Hand, als hätte sie Geburtstag, und sie, die die große Bühne nicht als ihr natürliches Habitat betrachtete, tat es wirklich: Sie trat nach vorne an den Rand der Bühne und winkte den Menschen zu.

Lacroix war zu spät gekommen und hatte nicht stören wollen, also war er nicht zur Bühne gegangen, sondern hatte sich ganz nach hinten gestellt, hinter die zwei- oder dreitausend Menschen, die da standen. Er überblickte ein Meer von Fahnen, ein rot-weiß-blaues Geflatter, eine Ode an die Nation. Und da vorne stand die Frau, in die er sich einst verliebt hatte und die er bis heute liebte – und er lernte sie an diesem Abend noch einmal ganz neu kennen. Er hatte immer gewusst, dass sie eine bestechende Rednerin war, eine kluge und pointiert denkende Frau, aber diese Menge, diese Bühne, das Licht, das sie erstrahlen ließ, all das hätte ihm Angst gemacht. Sie aber absolvierte diesen Auftritt, als hätte sie all das schon hundertmal erlebt. Er musste es neidlos anerkennen: Der Generalsekretär der *Républicains*, deren Mitglied Dominique war, hatte es richtig erkannt: Sie war die beste Kandidatin. Sie würde diese Stadt, die traditionell eher links wählte, auf den Kopf stellen.

»Dominique, Dominique!« Die Rufe hallten durch Belleville, und es waren nur ganz vereinzelt Pfiffe zu hören, die Rede, die eher sozialkritisch war, hatten hier genau die Richtigen gehört. Das Viertel befand sich mitten in einem Umbruch. Früher waren die Straßen rund um Belleville das Epizentrum der Arbeiter gewesen, kleine Leute mit körperlich belastenden Berufen und niedrigen Löhnen, dann waren viele Asiaten eingewandert, Thais, Vietnamesen, Chinesen, die hier kleine Läden eröffnet hatten, bevor die Halal-Schlachtereien Einzug gehalten hatten, die Hinterhofmoscheen, die Läden für afrikanischen Friseurbedarf.

Es war ein Melting Pot, wie die jungen Leute sagten, dachte Lacroix – und nun wurde dieses Viertel im Nordosten schon wieder umgekrempelt, von den Jungen und Wohlhabenden, die hier günstige und große Wohnungen fanden, die bald darauf gar nicht mehr günstig waren. Jung und hip war es jetzt in Belleville, aber noch wohnten auch jene hier, die es sich eigentlich nicht mehr leisten konnten und bald vertrieben werden würden. Doch die Spannungen waren da, und Lacroix war gottfroh, nicht hier seinen Dienst versehen zu müssen, sondern an seinem Ufer *rive gauche*, wo alles so schön geordnet war.

Er sah, wie Dominique von der Bühne kam. Langsam zerstreute sich die Menge, aber einige aus dem Publikum gingen zu ihr nach vorne, und sie gab ein, zwei Autogramme. Sie hatte nun, seit Beginn des Wahlkampfes, zwei Leibwächter, die aber beide zurückhaltend und sehr professionell waren. Einen Moment musste sie noch für diese schrecklichen Selfies stehen bleiben, Lacroix hätte wirklich nicht tauschen wollen.

Auch er ging ein paar Schritte auf sie zu, sie sah ihn, und ihre professionelle Miene wechselte zu einer echten, fröhlichen, funkelnden. Noch zwei Minuten des Plauderns, dann stand sie plötzlich neben ihm.

»Na, *mon commissaire*? Darf ich Sie um Ihre Stimme bitten?«

»Ich wähle traditionell eher links«, sagte er trocken. Dann brachen sie beide in frohes Lachen aus. »Im Ernst: Du warst sensationell.«

»Wirklich? Sag, fandest du wirklich? Du weißt, wie viel mir deine Meinung bedeutet.«

Er griff sie an den Händen, so wie am Abend zuvor, und sagte ganz ernst:

»Wirklich. Ich habe wie gebannt dagestanden und dir gelauscht. Also, wenn du noch einen Schritt weiter gehen willst, muss sich der Präsident warm anziehen.«

»Nun, ich glaube, das hier reicht mir erst mal«, entgegnete sie und küsste ihn auf die Wange.

Er hatte die Kameras neben sich nicht gesehen, doch als die Blitze zuckten, störte es ihn diesmal gar nicht.

»So, Monsieur Lacroix«, sagte Dominique, »ich würde jetzt sehr gern nur mit dir essen gehen, aber die Parteifreunde aus dem Elften und dem Zwanzigsten wollen mich unbedingt noch in ein Restaurant einladen, und ich kann das nicht absagen. Aber ich bitte dich: Komm mit …«

»Ich …«, Lacroix stammelte ein wenig, »ich wollte unbedingt hier sein, aber ich hatte schon Sorge, dass du auf das Rendezvous nur mit mir bestehst. Aber leider … ich muss ins American Hospital. Yannick Duc«, er senkte die Stimme, noch immer standen die Journalisten um sie herum, »er ist überfallen worden.«

»Was?«, sie flüsterte im Schock, »wie geht es ihm?«

»Es ist nicht lebensgefährlich, ein Glück, aber ich muss ihn heute noch vernehmen.«

»Wird er denn morgen das Finale spielen können?«

»Ich weiß es nicht, ehrlich gesagt«, erwiderte der Commissaire. »Aber ich muss jetzt zu ihm.«

»Sie schlagen meine Einladung aus, Monsieur Lacroix«, sagte sie streng und lächelnd zugleich, »also, ich finde, das geht nicht, schließlich bin ich Ihre Bürgermeisterin.«

»Ich gelobe Besserung, Madame.«

Sie küsste ihn noch mal und flüsterte: »Viel Glück. Ich mag diesen Jungen. Finde raus, wer das getan hat.«

»Das werde ich«, sagte Lacroix und drückte ihre Hand, dann verschwand er in der Menschenmenge und bahnte sich einen Weg zum Taxistand an der Metrostation Belleville.

14

Eine halbe Stunde später hielt der dunkle Mercedes vor dem rot-weißen Gebäude, das in seiner Noblesse auch eine Botschaft hätte sein können. Lacroix durchschritt das Portal mit den großen schwarzen Buchstaben *American Hospital.* Er wusste aus den Nachrichten, welchen Stellenwert diese Privatklinik hatte: Hier waren Aristoteles Onassis, Gertrude Stein und Karl Lagerfeld gestorben. Was er nicht wusste, sondern erst erfuhr, als er beim Betreten des Gebäudes die Gedenktafel las: 1948 war hier der weltweit erste Bypass gelegt worden.

»Monsieur, wohin wollen Sie?«

Ein Sicherheitsmann hielt ihn auf – kein Wunder, sie hatten hohen Besuch in der Klinik.

»Commissaire Lacroix, Hôtel de Police im sechsten Arrondissement. Ich möchte Monsieur Duc besuchen.«

Der schwarz gekleidete Hüne wandte sich ab und sprach etwas in sein Headset. Nach ein paar Sekunden drehte er sich wieder zu Lacroix um.

»Ich soll Ihren Ausweis kontrollieren.«

Der Commissaire reichte ihn dem Mann, der alles ansah und dann nickte.

»Gut, in der zweiten Etage werden Sie an den Fahrstühlen abgeholt.«

Lacroix dankte, nahm den Lift, und tatsächlich stand,

als sich die Türen wieder öffneten, schon ein Mann da, der haargenau so aussah wie der erste. Bodyguards sahen auch überall auf der Welt gleich aus.

»Kommen Sie«, sagte der Mann viel freundlicher, als Lacroix es erwartet hätte. »Er ist wach. Ich glaube, er will mit jemandem sprechen.«

Der Hüne klopfte und öffnete die Tür. »Hier ist ein Commissaire, Monsieur Duc.«

Lacroix trat ein. Die Jalousie vor dem Fenster war geöffnet, und Duc sah hinaus in die Nacht, in der die Lichter der umliegenden Häuser funkelten wie Tausende Glühwürmchen. Langsam wandte er seinen Kopf dem Commissaire zu.

»*Bonsoir*, Monsieur Duc«, sagte Lacroix. »Ich sehe, es geht Ihnen besser?«

»Gott sei Dank nur eine leichte Gehirnerschütterung, Commissaire. Der Chirurg hier hat an der Wunde ein wahres Wunder vollbracht. Man sieht kaum noch was. Und die donnern mich hier so mit Medikamenten voll, dass ich nur hoffen kann, morgen durch den Dopingtest zu kommen.«

»Sie wollen morgen wirklich antreten?«, fragte Lacroix und zog sich den Stuhl heran, der hier eher ein Sessel war, mit gepolsterter Lehne und Löwenfüßen, nicht so ein Möbel vom Sperrmüll wie in den französischen Krankenhäusern.

»Ich weiß nicht.« Yannick Duc ließ sich auf sein Kissen sinken und atmete so schwer, als gäbe es wirklich nicht mehr zu sagen als diese drei Wörter.

Lacroix saß ganz ruhig auf seinem Stuhl. Die nächsten Minuten würden entscheiden, ob er diesen Fall lösen könnte oder nicht. Es lag ganz allein an Yannick Duc. Nur an ihm. Und Lacroix wusste das. Er brauchte nur zu warten. Also wartete er.

Und tatsächlich öffnete der Tennisspieler wieder die Augen und blickte den Commissaire direkt an.

»Selbst wenn die Verletzung heilt, also, wenn ich morgen keine Schmerzen mehr haben sollte, dann werde ich trotzdem verlieren, Commissaire. Sie haben ja gestern gesehen, wie ich spiele. Und heute beim Training war es das Gleiche. Ohne meinen Schläger – und ohne diesen Ball – kann ich das Finale vergessen. Und außerdem: Wer mir einmal auflauert, der …«

»Sie haben keine Ahnung, wer Ihnen aufgelauert hat?«

»Mein Vater hat mich das schon gefragt. Wo ist der überhaupt? Er war doch bis vorhin hier.«

Duc sah sich um, dann sprach er weiter. »Nein, ich habe keine Ahnung, wer das war. Ich habe nach dem Training mein Zeug zusammengepackt und wollte alles in den Spind schließen. Ich hab noch ein Geräusch gehört, und dann … Zack. Da krachte irgendwas auf meinem Schädel, aber ich hab den Schlag nicht kommen sehen.«

»Nicht mal einen Schatten? Keine Stimme? Keine verschwommene Gestalt? Nichts?«

»Ist es das, was die Leute nach einem Überfall erzählen, Commissaire?« Yannick Duc wirkte belustigt. »Eine verschwommene Gestalt? Nein, ich habe niemanden gesehen.«

»Wahrscheinlich musste derjenige ganz sichergehen, fest zuzuschlagen. Schließlich weiß jeder, wie sportlich Sie sind. Und außerdem wollte der Angreifer auch, dass Sie morgen ganz sicher ausfallen.«

Yannick Duc sah ihn ernst an. »Sie meinen, er wollte mich …« Er brachte das Wort nicht über die Lippen.

»Ob er Sie töten wollte? Das glaube ich nicht. Es wäre ein Leichtes gewesen, noch zwei-, dreimal zuzuschlagen, als Sie am Boden lagen. Dann wären Sie jetzt eine Etage weiter unten auf der Intensivstation – oder im Keller. Nein, aber wütend war der Angreifer schon.«

Duc rieb sich mühsam den Kopf. »Ja, das spüre ich«, sagte er leise.

»*Alors*, Monsieur Duc«, sagte Lacroix leise, »ich habe tatsächlich gestern gesehen, wie Sie Tennis spielen ohne Ihren Talisman. Und ohne Ihren Schläger. Und, wissen Sie, ich bin zwar ein alter Mann und verstehe nicht viel von dem Sport, den Sie treiben, aber bei all dem Aberglauben und bei aller Mystik: Ich kann es mir nicht erklären.«

Yannick Duc rutschte auf dem Bett hin und her, als suchte er die perfekte Sitzposition, dann fragte er vorsichtig: »Was meinen Sie, Commissaire?«

»Sie sind so gut, Monsieur Duc, Sie sind kein Talent mehr, kein junger Mann, Sie sind der beste Tennisspieler Frankreichs, ja, bald sogar Europas – wenn Sie so weitermachen. Und da bringt Sie ein verschwundener Ball um den Verstand? Macht, dass Sie zig Doppelfehler pro Partie machen und keinen Return mehr spielen können? Dass Sie stolpern wie eine neugeborene Gazelle?

Und dass Sie nur noch gewinnen können, wenn sich Ihr Gegner den Fuß verstaucht? Ehrlich, Monsieur Duc? Wegen eines Balles?«

»Sie … Sie können das nicht verstehen, Commissaire.«

»Oh doch, ich verstehe es, weil ich schon eine Erklärung dafür habe. Wissen Sie, gestern, als wir uns kennenlernten, da lief Ihr Vater wie ein angestochener Bienenschwarm im Zimmer herum. Er beschuldigte die halbe Welt, Ihren Ball gestohlen zu haben. Und wollte eigentlich am liebsten loslaufen, um ihn wiederzuholen. Denn es ist sein großer Traum, dass Sie Roland-Garros gewinnen.

Ich glaube, es ist auch Ihr Traum. Welches Kind träumt nicht davon, entweder den Cup in die Höhe zu stemmen oder Roland-Garros zu gewinnen. Aber Sie … Sie waren, als Ihr Ball verschwunden war, ganz ruhig. Sie haben in der Kabine gesessen und vor sich hin gegrübelt. Sie waren nicht wütend, sie wirkten beinahe … schuldig.«

Yannick Duc beobachtete ihn mit seinen grauen Augen. Er schaute ihm zu und schwieg.

Lacroix fuhr langsam fort. »Sie wissen, wer es war. Und es hat mit dem Code zu tun, der Ihren Schrank verschließt. Ich glaube, es handelt sich um eine sehr alte Geschichte. Ist es nicht so, Monsieur Duc?«

Es dauerte eine Weile, vielleicht zehn Sekunden oder fünfzehn, aber irgendwann nickte der Tennisspieler.

»Wollen Sie es mir erzählen? Vielleicht kriege ich Ihren Talisman dann zurück.«

Wieder dauerte es einen Moment, aber dann begann dieser junge Mann, ganz leise und schnell zu erzählen, eine Geschichte, die er wohl schon sehr lange in sich trug. Als er nach zwanzig Minuten endete, flog wie durch Gedankenübertragung die Tür auf, und Monsieur Duc, der Ältere, stand im Raum.

»Commissaire?«, fragte er überrascht, sah erst Lacroix an und dann seinen Sohn. Beide mussten erschöpft wirken, die Geschichte war lang und schwierig gewesen. »Was machen Sie denn noch hier? Yannick muss schlafen, wenn er morgen auf den Platz will. Haben Sie schon jemanden verhaftet? Das … das war doch ein Mordanschlag.«

Lacroix reagierte nicht, stattdessen stand er von seinem Stuhl auf und gab dem jungen Yannick die Hand. »Ich danke Ihnen für Ihre Offenheit. Ich werde alles unternehmen, was möglich ist. Wir sehen uns morgen, in Ordnung?«

»Merci, Monsieur le Commissaire. À demain.«

Er ging an dem Sicherheitsmann vorbei, der kurioserweise salutierte, wahrscheinlich ein alter Militär, der immer noch dem Staatsdienst nachtrauerte. Eine bekannte Stimme hinter ihm hieß ihn, innezuhalten.

»Commissaire …«

»Ja, Monsieur Duc?«

Der Vater des Spielers hatte nun eine andere Haltung als bei den Begegnungen zuvor, er machte sich kleiner, sein Atem ging schnell und stoßweise.

»Ich … ich dachte eben, als ich am Kaffeeautomaten stand: Es ist schon merkwürdig, wie sehr sich Monsieur Seignosse für die Aufklärung dieses Falles einsetzt. Aber die Sicherheitsvorkehrungen in der Umkleidekabine hat er total schleifen lassen. Das verstehe ich gar nicht. Ich meine …«

»Sie wollen sagen, Éric Seignosse hat etwas damit zu tun?« Lacroix versuchte, es ganz beiläufig klingen zu lassen.

»Nun ja, ich meine, er ist schließlich einer der wenigen Franzosen, die Roland-Garros einmal gewonnen haben. Und Sie wissen ja, wie das ist, wenn diese erfolgreichen Männer in die Jahre kommen – dann sehen sie die jungen Wilden durchaus kritisch, gerade, wenn die so viel besser sind … Ich meine, mein Sohn hat so viel mehr spielerische Qualität als Éric damals – und vielleicht war es ja eine Übersprungshandlung, aus dem Wunsch heraus, dass man selber für immer auf dem Sockel stehen bleibt …«

Lacroix wandte sich kopfschüttelnd zum Gehen, sah aber noch den verdutzten Blick des Trainer-Vaters. Dann blieb er doch noch einmal stehen, wandte sich um und sagte: »Monsieur Duc, Sie sind doch wohl von allen guten Geistern verlassen, oder?« Dann ließ er den Mann endgültig stehen und durchquerte den Flur. Die Uhr zeigte kurz vor elf. Es war zu spät. Er würde nach Hause fahren. Morgen war auch noch ein Tag.

Spiel, Satz & Verrat

15

»Guten Morgen, *mon commissaire.*«

Lacroix stand am Fenster und sah hinaus auf die langsam erwachende Rue Cler, als seine Frau im Morgenmantel ins Zimmer trat. Sie hatte sich nach der Wahlkampfveranstaltung am Vortag den Vormittag freigenommen.

»Guten Morgen, *chérie.*« Er drehte sich um, und sie nahmen sich in den Arm.

»Geht's dir gut? Du bist schon lange wach. Grübelst du?«

»Ich konnte nicht mehr schlafen«, erwiderte Lacroix. Er war nach dem Gespräch im Krankenhaus direkt nach Hause gegangen und ins Bett gefallen. Es war ein kurzer, traumloser Schlaf gewesen, dann aber war er um vier oder halb fünf erwacht, draußen war es noch gänzlich still gewesen. Erst nach einer halben Stunde, als die ersten Vögel begonnen hatten, ihre Stadtmelodie zu singen, hatte er eingesehen, dass an Schlaf nicht mehr zu denken war. Also hatte er geduscht und sich angekleidet und war im Salon auf und ab gelaufen, hatte am Fenster gestanden und die frische Luft des Morgens geatmet, zu dieser Stunde, in der die Motorroller noch nicht durch die Fußgängerzone brausten. Er hatte gewartet, dass das Café gegenüber öffnete – und er hatte nachgedacht.

»Der Fall?«, fragte Dominique.

»Ich weiß, dass ich heute weiterkommen werde. Aber ich habe etwas Sorge, was mich erwartet.«

»Du hast gestern noch mit dem Spieler gesprochen? Mit Yannick Duc?«

Lacroix nickte. »Ist es in Ordnung, wenn ich dir jetzt nicht erzähle, was er gesagt hat? Ich bin zu sehr in Gedanken, und ich glaube, ich würde alles durcheinanderbringen.«

»Natürlich ist das in Ordnung, *chéri*. Ich habe um neun einen Termin beim Friseur, und ich habe gar kein Problem damit, jetzt einfach noch zwei Stunden schweigend zu verbringen.«

Lacroix küsste sie auf die Stirn. Dann nahm er seinen Mantel und Hut von der Garderobe, verließ die Wohnung und stieg die Treppe hinab.

Er würde erst in einer Stunde in Richtung Puteaux aufbrechen, da konnte er auch noch sehr gut ein richtiges Frühstück einnehmen. Er ging den Weg, den er auch an den vergangenen beiden Tagen genommen hatte, und betrat zwanzig Minuten später das Bistro, das für ihn eine zweite Heimat war.

Zu dieser Stunde, kurz nachdem Yvonne aufgemacht hatte, war es hier am authentischsten. Es war wie im Paris längst vergangener Tage, zu der Zeit, als es drüben nahe Châtelet noch die echten Halles de Paris gegeben hatte, nicht diese schreckliche Ansammlung von Einkaufszentren und Untergrundbahnhöfen dieser Tage, sondern die lichten und lebhaften Pavillons, in denen bis in die sechziger Jahre Obst, Gemüse, Fisch, Fleisch und Käse aus dem ganzen Land gehandelt wurden, *Der Bauch von Paris*, wie Émile Zola sein epochales Werk über diesen Markt genannt hatte.

Heute erfüllte die Stadt am Morgen ein Flair dieser Epoche, bevor nämlich die Menschen in Kostümen und Anzügen in die Büros einfielen – jetzt waren nur die echten Arbeiter unterwegs, die Postboten mit ihren gelben Wägelchen, die Müllfahrer, die ihren Koloss von Müllauto einfach draußen geparkt hatten, die Dachdecker und Schreiner, die vor dem Werk des Tages ein sättigendes Frühstück einnehmen wollten, eine große Tasse *café*, vielleicht ein kleines Bier, dazu ein Omelette oder ein einfaches Rührei mit Schinken, eine große *tartine* mit etwas Ziegenkäse. Yvonne kannte ihre frühen Gäste, und sie gab ihnen alle Gerichte zum halben Preis, das kleine Bier sogar für ein Viertel des Preises. Die Speisekarte war so gestaltet, dass die Bürogäste zum Mittag die Kosten für die ärmeren Frühstücksgäste mitdeckten – ohne es zu ahnen natürlich.

Wenn Lacroix es gekonnt hätte, wäre er jeden Morgen um diese Zeit zum Frühstücken hergekommen. Es war eine tröstliche Stunde, eine Stunde, die eine Zeit beschrieb, die es so vielleicht nicht mehr lange geben würde. Irgendwann würden Post und Müll wohl mit Robotern gebracht und abgeholt werden. Andererseits konnte sich Lacroix gut erinnern, dass man vor dreißig Jahren auch gedacht hatte, zur Jahrtausendwende würden die Menschen durch die Stadt fliegen, und heute stand man in Paris immer noch im Stau. Vielleicht würde also alles gar nicht so schlimm werden. Und wenn doch, könnte er die künftige Bürgermeisterin bitten, Roboter im Stadtgebiet zu verbieten, dachte er und musste schmunzeln.

»*Mon commissaire*, du bist früh dran«, rief Yvonne, die im Saal bedient und ihn jetzt erst entdeckt hatte. Alle Tische waren besetzt, es herrschte eine laute, fröhliche Stimmung, und der Geruch von gebratenem Speck lag in der Luft.

»Ja, es wird ein langer Tag, denke ich.«

»Was darf es sein?«

In dieser Sekunde klingelte das Telefon hinterm Tresen so schrill, dass Lacroix sogar meinte, die Gläser schepperten ein wenig auf der alten Zinkplatte. Yvonne rümpfte die Nase und nahm ab.

»Chai de l'Abbaye?« Ihre rauchige Stimme hätte auch gut in einen alten französischen Schwarz-Weiß-Film gepasst, dabei rauchte Yvonne Abeille nicht einmal. Ihr Gesicht formte sich zu einem Grinsen, dann sagte sie: »Sie haben Glück, Mademoiselle, ich muss Sie nicht vertrösten, er ist schon hier.«

Sie hielt die Sprechmuschel zu und sagte leise: »Sie ist ganz aufgeregt, *mon commissaire*, sie sagt, ich müsse unbedingt sagen, dass du sie zurückrufen sollst, aber hör selbst …«

Lacroix nahm den Hörer entgegen und murmelte: »Hm?«

»Oh, Commissaire, guten Morgen, verzeihen Sie, ich ahnte nicht, dass Sie schon im Bistro sind, und wollte Sie nicht stören, aber …«

»Wollen Sie sich schon wieder entschuldigen, Mademoiselle Schneider? Ich habe die aktuelle Ausgabe noch gar nicht gesehen. Haben Sie gestern unseren Weinhändler interviewt, und der hat Ihnen gesagt, dass wir nur Pouilly-Fumé-Flaschen über zwanzig Euro konsumieren? Drei am Tag?«

Sie atmete tief durch. »Nein, Commissaire, ich habe ja gesagt, der Artikel gestern … na, das war ein Fehler.«

»Schon gut, verzeihen Sie, ich bin eigentlich nicht nachtragend.« Er musste sich am Riemen reißen.

»Hören Sie, ich wollte nur einmal nachfragen, ob Sie schon weitergekommen sind mit … meinem Telefon.«

»Ich arbeite daran, Mademoiselle Schneider, ich mache quasi nichts anderes, als daran zu arbeiten.«

»Ach wirklich? Haben Sie denn schon eine Spur?«

»Haben Sie bitte noch etwas Geduld. Eine Wasserstandsmeldung bringt Ihnen gar nichts, erst, wenn Sie das Gerät in der Hand halten, ist die Gefahr gebannt. Und nun entschuldigen Sie mich bitte.«

»Natürlich, Commissaire. Einen schönen Tag. Und viel Glück.«

Bei den letzten Worten hatte er den Hörer schon wieder an Yvonne zurückgegeben.

»Schlaflos in Paris«, murmelte er leise. »Jetzt kann ich aber wirklich ein Frühstück gebrauchen. Wie wäre es mit etwas *pâté* und *rillettes* und Brot und dazu ein gekochtes Ei und … ach, was soll's? … ein kleines Meteor würde zu diesem Morgen gut passen.«

Als er einige Minuten später den ersten Schluck des kalten und herben Bieres aus dem Elsass nahm, kam am Himmel über den Dächern die Sonne heraus. Vielleicht würde der Tag ja doch nicht so grau werden, wie er sich im ersten Moment angefühlt hatte.

16

Nein, es war gar nicht unbedingt so, dass Puteaux eine schlechte Gegend war. Schließlich grenzte die Gemeinde im Osten direkt an die Seine und an die darinliegende Île de Puteaux, die ein beliebtes Naherholungsgebiet war. Und im Norden lag das überdimensionierte Quartier La Défense mit seinen futuristischen Hochhäusern, den hektischen Geschäftsleuten und den verlassenen Straßen, wenn die Büros nachts leer waren und die ganze Gegend wie ein verwaister Planet wirkte. Hier war also Geld im Spiel, und auch viele junge Familien waren nach Puteaux gezogen, weil die Arbeit so nah war. Aber es gab auch einen anderen Teil, den südlicheren, jenes Quartier, das an Nanterre grenzte – und in dieses Viertel steuerte der Taxifahrer den Wagen gerade.

Die kleinen Arbeiterhäuser und die großen Wohnblocks sausten an Lacroix vorbei. Diese Viertel westlich der Stadt hatten schon viele Veränderungen mitgemacht: Sie waren immer Quartiers für hart arbeitende Bewohner gewesen, die in der Mehrheit links, viele gar kommunistisch wählten. Der Klassenkampf galt hier als reine Lehre, im Gegensatz zur nahen Hauptstadt, wo Kommerz und der schöne Schein über allem standen, wie man hier dachte. So waren Wohnsiedlungen entstanden, die zwar ärmlich wirkten, aber in

Schuss waren. Doch mit dem Algerienkrieg und dem Zuzug aus den nordafrikanischen Kolonien und mit dem Schließen vieler großer Fabriken, etwa der des Autobauers Simca Ende der Siebziger, wurden auch die Quartiers einmal von unten nach oben gedreht: Die Hochhäuser wurden auf einmal mehrheitlich von Arbeitslosen und Geringverdienern bewohnt, die Kriminalität stieg, und das soziale Gleichgewicht drohte zu kippen, wie es in vielen Gemeinden im Norden der Stadt schon geschehen war. Doch seit zehn Jahren gab es wieder eine Gegenbewegung, durch den Zuzug junger Familien, denen Paris zu teuer, zu laut, zu eng geworden war. Lacroix hatte all diese Epochen miterlebt und fragte sich, wie sich diese Städte im Randgebiet der Hauptstadt entwickeln würden.

Das Taxi hielt vor der Adresse, die er dem Fahrer genannt hatte. Es war ein Wohnblock aus den Siebzigern. Er befand sich neben einer Schule, vor der die Trikolore hing, und war besser in Schuss als viele andere in dieser Gegend.

Lacroix zahlte und stieg aus, dann trat er an die Klingelanlage, sah aber, dass die Haustür nur angelehnt war. Er drückte sie auf. Am Klingelschild las er ab, dass er in die zweite Etage musste, und nahm die Treppe.

Oben angekommen, klingelte er an der Tür, die mit mehreren Schlössern gesichert war. Nach einer Weile hörte er Schritte, dann wurde der Schlüssel umgedreht, und eine kleine Frau steckte ihren Kopf durch den Spalt.

»Ja?«

»Commissaire Lacroix, Police Judiciaire de Paris. Madame Slimane?«

»Wer ist da?«, rief eine Männerstimme hinter ihr, dazu vernahm Lacroix laute Schritte, die sich der Tür näherten.

»Ja, die bin ich.« Sie öffnete die Tür weiter, und hinter ihr stand ein Mann, augenscheinlich ihr Ehemann: Ein Tunesier mit kleinen grauen Locken, ein großer, hagerer Mann, der interessiert nach draußen schaute.

»Bonjour, Monsieur«, sagte Lacroix, »ich bin vom Hôtel de Police im sechsten Arrondissement. Ich suche Ihren Sohn, Abdul Slimane.«

»Er ist …«, begann die Frau, doch ihr Mann unterbrach sie. »Warum suchen Sie Abdul?«, fragte er.

Lacroix lächelte und hob entschuldigend die Hände. »Da Ihr Sohn volljährig ist, kann ich das nur mit ihm besprechen. Könnten Sie mir bitte sagen, wo er ist? Es ist dringend.«

»Er hat Spätschicht, deshalb ist er die Straße runter im Fitnessstudio.«

»Wird er gleich zurückkommen? Dann würde ich hier auf ihn warten.«

»Nein, er ist eben erst los«, erwiderte die Frau. »Er hat lange geschlafen.«

»Gut, dann werde ich dort nach ihm schauen«, sagte der Commissaire. »Ich danke Ihnen, Madame, Monsieur – und bitte: Machen Sie sich keine Sorgen, ich denke, es wird sich alles aufklären.«

Er stieg die Treppe hinab, aber die Tür oben wurde erst nach weiteren zehn Sekunden geschlossen, und

Lacroix hörte, wie hinter der dünnen Spanplatte lautstark diskutiert wurde.

Er brauchte in der Tat nur bis zum Ende der Straße zu gehen, erkannte schon das Logo mit einer stilisierten Hantel, daneben die Schrift *keepcool fitness*. Er wusste schon, warum er diese ständigen Anglizismen nicht leiden konnte. Dabei hatte sich Frankreich lange Zeit gut geschlagen und sich als immun gegen englische Wörter gezeigt, aber seit einigen Jahren schien der Widerstand gebrochen.

Lacroix zog an der Glastür und trat ein. Wieder war da ein Geruch, so typisch wie der Duft nach Hering in der Brasserie Lipp, aber hier war es eine Mischung aus Schweiß, Deodorant und Kunststoff, all die Absonderungen der abenteuerlichen Geräte, mit denen sich die jungen Menschen heute so gern quälten.

Am Tresen blieb er stehen und zeigte der jungen Frau seinen Ausweis.

»Wo trainiert Monsieur Slimane?«

»Abdul? Hinten, an den Geräten. Er ist der Größte im Saal, Sie können ihn nicht verfehlen. Hat er was ausgefressen?«

Lacroix zuckte mit den Schultern und lächelte, dann sagte er leise *»Merci«* und ging durch die kleinen verschachtelten Räume. Vorne auf den Laufbändern rannten Frauen vor Fernsehern, dahinter gab es Stepper und Rudermaschinen, und erst im vierten Raum fand er die klassischen Fitnessstudio-Requisiten vor. Lacroix musste schmunzeln, weil Paganelli immer von den »Pumpern« sprach, die mit solchen Hanteln trainierten.

Die Frau am Empfang hatte recht, man konnte ihn nicht übersehen: Abdul Slimane war die jüngere Version seines Vaters. Auch er hatte kleine Locken, war sehr hager, sehr drahtig, aber noch größer. Gerade zog er an einer Stange, an der Gewichte hingen. Sie sah schwer aus, sehr schwer, aber er schaffte die hohe Kilozahl, die Lacroix in die Gewichte eingeprägt sah, scheinbar mühelos. Der Commissaire wartete, bis er mit der Runde fertig war und die Stange losgelassen hatte, dann sagte er:

»Entschuldigung, Monsieur Slimane, Commissaire Lacroix von der Polizei von Paris.«

»Oh.« Der junge Mann sah zu ihm herab, und Lacroix überlegte einen Moment, ob Slimane seinerseits seine Fluchtoptionen prüfte. Aber nichts geschah. Er blieb einfach stehen und schien noch ein wenig zu wachsen. Er streckte seine Brust gerade, als gälte es, einen Angriff abzuwehren. Lacroix hatte überlegt, ob er den jungen Mann gleich aufs Revier mitnehmen sollte, aber da der Raum bis auf sie beide leer war, konnten sie genauso gut hier sprechen.

»Sie wissen, warum ich hier bin?«

»Ähm … na ja, ich habe ja gelernt, dass es immer gut ist, eine kluge Antwort zu geben, wenn die Polizei kommt. Also sage ich mal: Nein.«

Lacroix hatte gehofft, dass dieser junge Mann ein grobschlächtiger Kerl sein würde, der es ihm leicht machte, ihn nicht zu mögen. Aber dem war nicht so. Er wirkte klug und mit einer guten Prise Humor gesegnet. Das konnte für Lacroix ein unangenehmes Gespräch werden.

»Ich bin hier, weil Sie Mitglied im angesehensten Tennisclub Frankreichs sind.«

»Ja, seit sehr vielen Jahren. Und ich glaube, das allein ist nicht verboten, oder?«

»Nein, das ist es nicht. Wann waren Sie denn zum letzten Mal im Club?«

»Hm, da müsste ich nachdenken.«

»Ich habe die Bilder der Überwachungskamera nicht genau nach Ihnen durchsucht, aber sie liegen bei mir im Büro. Wenn Sie es mir also einfach sagen, ersparen Sie uns beiden eine sinnlose Fahrt durch die Stadt.«

»Wollten Sie mich mitnehmen, Commissaire? Bin ich denn verhaftet?«

»Noch nicht, Monsieur Slimane. Aber ich bitte Sie jetzt zum letzten Mal, meine Fragen zu beantworten. Nebelkerzen kann ich besser werfen als Sie, glauben Sie mir.«

»Ich war vorgestern im Club, Commissaire.«

»Haben Sie eine Partie gespielt?«

»Ja, ich habe auf dem Trainingsplatz gespielt.«

»Wann genau?«

»Morgens um acht.«

»So früh? Ich dachte, Sie schlafen gerne lang. So wie heute.«

»Wenn das Turnier ist, meide ich Roland-Garros am Mittag und am Nachmittag, es ist dann einfach zu viel los.«

»Wo ist Ihr Spind?«

»Kennen Sie etwa die Umkleiden von Roland-Garros?«

»Das wissen Sie doch ganz genau, Monsieur Slimane.«

»Was?«

»Wo ist Ihr Spind?«

»An der Wand hinter der Eingangstür, die untere Reihe, Nummer 832.«

»Da kommen Sie nicht am Spind von Yannick Duc vorbei, oder? Der ist doch auf der anderen Seite.«

»Hm, keine Ahnung.«

»Gut, Monsieur Slimane. Wollen wir jetzt mit dem Quatsch aufhören? Ich habe Monsieur Duc gestern besucht, und er hat mir die besondere Geschichte erzählt, die Sie beide verbindet. Auch wenn sie sehr lange her ist. Diese Geschichte berührt ihn bis heute so sehr, dass er immer noch Ihr Geburtsdatum als Zahlencode für seinen Spind hat. Auch das wussten Sie, oder?«

»Ach, die Geschichte berührt ihn?« Die Stimme des jungen Mannes war hart geworden. »Mich berührt sie auch. Aber etwas anders als ihn, den mehrfachen Millionär – und blonden Helden von Frankreich. Wissen Sie, Commissaire, ich bin gar nicht so neidisch auf die Millionen, ich wäre nur auch gerne ein Mann, zu dem die Franzosen aufschauen – und vor allem würde ich mir wünschen, von meinem liebsten Sport leben zu können. Leider kann ich das nicht, deshalb kann ich nur ein-, zweimal die Woche spielen, weil ich den Rest der Zeit arbeiten muss, damit ich meine Eltern unterstützen kann, seit Papa nicht mehr arbeitet.«

»Ja, Sie könnten jetzt ganz woanders sein, Monsieur Slimane. Yannick Duc weiß das. Auch deshalb denkt er, dass Sie es waren, der sich gerächt hat.«

»Hat er Ihnen alles erzählt, Commissaire?«

»Ich weiß nicht, Monsieur Slimane. Ich denke, er hat mir seine Version der Geschichte erzählt. Ich kenne viele alte Geschichten – und ihnen allen ist gemein, dass sich die Erinnerung mit der Zeit verklärt und verändert. Deshalb würde es mir sehr helfen, wenn Sie Ihre Version erzählen.«

»Das mache ich, Commissaire. Aber nicht hier drinnen. Kommen Sie, gehen wir ein Stück spazieren. Denn die Umgebung, dieser Vorort hier, hat ja mit der Geschichte zu tun.«

Abdul Slimane wischte sich mit einem Handtuch den Schweiß von der Stirn, dann legte er es wieder auf die Bank.

»Ich kann alles hierlassen, Commissaire, keine Sorge, hier klaut niemand etwas.« Er grinste. »Das hier ist eine bessere Gegend, als viele denken.«

Sie gingen an der jungen Frau am Tresen vorbei. »Gleich wieder da«, rief Abdul ihr zu, dann traten sie in den warmen Vormittag.

Als sie vor dem Fitnessstudio standen, das im Erdgeschoss eines Neubaus untergebracht war, sagte der junge Mann: »Gehen wir hier lang. Dort hinten wohne ich.«

Die Straße war zweigeteilt, links alte, einfache Häuser mit vier oder fünf Etagen, rechts die Neubaublöcke aus den Siebzigern und Achtzigern mit ihren kleinen Fenstern und den vielen Satellitenschüsseln, die nach Süden zeigten. Weiter hinten standen Kräne, und Baulärm war zu hören. Selbst jetzt am Wochenende arbeiteten Männer, um neue Wohnungen aus dem Boden zu stampfen.

»Das ist mein Leben«, sagte Abdul Slimane und zeigte um sich. »Und eigentlich könnte ich ganz woanders sein. Wo lebt Yannick? Er lebt doch in Monte Carlo, oder? Da wäre ich auch gern.«

Lacroix holte seine Pfeife, die er vorhin gestopft hatte, aus der Manteltasche und entzündete sie mit einem Streichholz. Dann, bevor er den ersten Zug nahm, sagte er: »Fangen Sie doch vorne an, Monsieur.«

»Die Familie meines Vaters ist aus Tunesien gekommen, als Gastarbeiter. Sie haben in Besançon gelebt, bis mein Vater meine Mutter kennenlernte und hierher nach Puteaux gezogen ist. Wir waren eine wohlhabende Familie in Nordafrika, schon dort hat mein Vater Tennis gespielt und hier weitergemacht. Er war sehr talentiert, aber er war schon zu alt, um es professionell zu betreiben, und er musste auch immer arbeiten, weil das Leben hier sehr teuer war. Aber für mich wollte er, dass ich es besser habe. Er hat immer mit mir gespielt, schon als ich ein kleiner Junge war. Als ich alt genug war, hat er mich hier im Verein angemeldet. Ich war talentiert, vielleicht ein wenig talentierter als er, aber wahrscheinlich war es auch seine Förderung, die mich so gut gemacht hat. Ich habe in der Jugendmannschaft gespielt, erst hier in Puteaux, und dann hat mich die Akademie von Roland-Garros aufgenommen. Es war wirklich so, dass ich mit zehn oder elf Jahren als das hoffnungsvollste Talent von Frankreichs Tennisnachwuchs galt.«

Er atmete tief durch, und Lacroix nahm einen weiteren Zug von seiner Pfeife. Der Bürgersteig war so eng, dass es schwerfiel, nebeneinanderzulaufen, aber der Commissaire machte sich ganz schmal, er wollte nicht zurückfallen, er wollte keine Sekunde dieser Geschichte verpassen.

»Hier im Verein habe ich Yannick kennengelernt, wir sind nicht nur Kameraden geworden, nein, es war viel mehr als das, wir wurden Freunde. Wir mussten nicht so viel in die Schule wie andere Kinder, wir konnten tagelang am Stück trainieren, weil wir so gut waren. Deshalb hatten wir nicht viele andere Freunde. Und weil wir nur dieses eine Thema kannten: Tennis. Wie wir mehr trainieren, besser werden können. Was für Turniere uns erwarten würden, wenn wir einmal groß wären. Wir haben nächtelang in Yannicks Haus vor der Glotze gehangen und uns im Internet alte Turniere angeschaut, haben Boris Becker studiert und Novak Djokovic, aber auch den Aufschlag von Goran Ivanisevic, und haben versucht, das zu imitieren. Wir waren keine Tennisfans, wir waren Tennisverrückte.«

»Sie hatten beide den großen Traum.«

»Tennisstar werden, genau. Und das Schöne war: Wir hatten diesen Traum gemeinsam. Aber dann …«, er hatte bisher schwelgend gesprochen, aber nun sah Abdul düster drein, als hätte sich eine tiefschwarze Wolke vor diese Erinnerungen geschoben, »dann hat sich alles verändert. Durch eine einzige falsche Entscheidung.«

»Was ist passiert?«, fragte Lacroix.

»Wir waren gleich gut, denke ich. Ich weiß nicht, was

Yannick sagen würde – ob er sich überhaupt daran erinnert –, aber es war schon so, dass wir einander ebenbürtig waren. In Turnieren haben wir alle geschlagen und standen dann zumeist gegeneinander im Finale. Mal gewann dann er und mal ich, es war ein Hin und Her, je nachdem, wer gerade besser in Form war, wer gut geschlafen hatte, wer Liebeskummer hatte. Hey, schauen Sie nicht so, Commissaire, wir waren jung, da gab es das natürlich auch. Aber dann kam dieses letzte große Ausscheidungsturnier vor dem Davis Cup. Wir waren immer gute Freunde gewesen, aber ein halbes Jahr davor war die Freundschaft ein wenig abgeflaut. Yannick hatte eine neue Freundin, in die er sehr verknallt war, und die war in einer Clique, die nichts mit Tennis zu tun hatte. Na ja, und zwei Wochen vor diesem großen Turnier, in dem sich entschied, wer zum Junior Davis Cup durfte, rief mich Yannick an und lud mich ein, einen Abend mit dieser Clique zu verbringen. Ich verstand erst nicht, aber dann erklärte er es mir: Sie wollten nachts dort feiern, auf dem Gelände von Roland-Garros. Er hatte seiner Freundin davon vorgeschwärmt, es gab schließlich immer viele Getränke dort, Champagner und so, und es gab viel Platz, und wenn man auf dem Ghettoblaster Musik machte, dann störte es niemanden, es ist ja schließlich nur ein Park, dort lebt niemand. Das ist selten in Paris. Und er fragte mich, ob ich mitfeiern wolle. Dabei ging es aber gar nicht um mich. Es ging um den Schlüssel für die Anlage, die nachts abgeschlossen wurde. Mein Vater war damals der Platzwart und hatte die Schlüssel. Nur darum ging es meinem Freund. Das wusste ich, aber ich ignorierte es. Ich vermisste Yannick. Seit er die neue Freundin hatte, rief er mich nur noch zum Training an. Also besorgte ich den Schlüssel und stahl mich in der Nacht davon. Ich lernte die Clique von Yannicks Freundin kennen. Das waren Kinder der Pariser *haute volée*, ganz anders als wir beide, ich verstand gar nicht, was er von diesem Mädchen wollte. Es ging nur um Alkohol und um Geld und vielleicht auch um Sex, na ja, vielleicht war es das, was er wollte ... Jedenfalls haben sie angefangen, richtig zu feiern, zwanzig Jugendliche, viel mehr, als Yannick mir vorher gesagt hatte, und sie feierten mitten auf dem Platz. Sie zerstörten die Linien, trampelten die ganze Asche platt, verwischten alles, schubsten sich sogar gegenseitig in die Netze und zerrissen sie dabei. Es war schlimm. Irgendwann rief ich, Yannick solle ihnen Einhalt gebieten, er liebe doch Tennis, wie könne er das zulassen? Aber er lachte nur und küsste seine Freundin. Ich bin dann abgehauen, den Schlüssel hab ich bei Yannick gelassen. Um kurz nach Mitternacht war ich wieder zu Hause und habe die ganze Nacht kein Auge zugetan. Ich habe meinem Papa nichts davon erzählt, aber ... na ja, zwei Tage später wurde er angerufen, und dann gab es die Einladung in den Exekutivausschuss des Tennisverbandes.«

»Ich glaube, ich kann mir vorstellen, was dann passiert ist.«

»Natürlich können Sie das, Commissaire, aber Sie können sich nicht vorstellen, wie klar die Entscheidung war. Sie luden meinen Vater und dann mich vor – und für mich war zuerst völlig klar, dass ich Yannick niemals verraten würde. Wir kamen rein, und da saßen lauter Leute in Anzügen, die Herrscher des Tennisverbands. Es war ein Tribunal: Sie zeigten uns Fotos von dem zerstörten Platz, und mein Vater sah mich an, als wäre seine Liebe für mich erloschen. Sie haben gefragt, wer das gewesen sei. Ich habe Yannick nicht verraten. Sie haben gesagt, es sei der Schlüssel meines Vaters gewesen, mit dem die Tore geöffnet worden seien – Yannick hatte ihn tatsächlich einfach dagelassen. Was ich mir dabei gedacht hätte? Ich habe wieder nicht daran gedacht, alles auf Yannick zu schieben. Wir hätten das Turnier zwei Wochen später gegeneinander spielen sollen, und ich dachte: Okay, vielleicht musst du gemeinnützige Arbeit leisten als Strafe, Kindern Tennis beibringen oder so. Aber der Vorsitzende war ganz klar: Ich würde aus dem Profitennis ausgeschlossen. Da ist bei mir der Knoten geplatzt. Ich habe denen erzählt, wie es gewesen war. Die Vorsitzenden saßen da mit offenen Mündern, und als ich fertig war, sah mich der Vorsitzende an, als hätte ich Boris Becker verraten. Er ist regelrecht ausgerastet – wie ich dazu käme, den besten Spieler der Mannschaft zu beschuldigen, einen ehrbaren Jungen aus einer ehrbaren Familie … Das erdreistete sich dieser Typ, vor meinem Vater zu sagen. Sie haben Yannick dann auch einbestellt, aber als ihm klar wurde, was ihm drohte, hat er offenbar nichts gesagt. Er hat es nicht auf mich geschoben, das nicht. Aber er hat abgestritten, dass er es war. Und diese weißen Männer aus feinen Kreisen haben nicht einen Moment an seiner

Aussage gezweifelt. Für die war klar, dass nur ein Junge aus der Banlieue so einen Mist verzapfen konnte. Und damit war ich raus. Das Turnier war Mitte Oktober, am 14., ich weiß es noch ganz genau. Ich habe es nicht geschafft, ins Stadion zu gehen. Ich habe es ja sowieso gewusst: Yannick hat das Ding gewonnen, haushoch. Und das war der Moment, in dem seine Karriere begann – und meine beendet war. Ich habe seitdem nie wieder mit ihm gesprochen. Mein Vater hat mich auf einem normalen Collège angemeldet, ohne sportlichen Schwerpunkt, und ich habe nur noch mit ihm Tennis gespielt. Er war der Einzige, mit dem ich es noch ertragen habe.«

Er zeigte um sich, wies auf die Hochhäuser und die Kräne, auf die heruntergekommenen Fassaden und auf die schmutzige Ecke, aus der ein Uringeruch zu ihnen drang. »Und deshalb bin ich jetzt hier, und er, der den ganzen Mist zu verantworten hat, lebt in Monaco und hat sich nie mehr für mich interessiert – oder ist gar auf die Idee gekommen, die Wahrheit zu sagen. Stellen Sie sich vor, Commissaire, wie leicht das jetzt wäre. Er ist ein Star, er könnte einfach zugeben, das damals gemacht zu haben, ein Dummer-Jungen-Streich. Die Leute würden darüber lachen – und ich wäre rehabilitiert. Aber nein, er tut es nicht. Die Menschen im Verein respektieren mich wieder, weil ich dort helfe, mich um die Plätze kümmere und auch wieder spiele, wenn jemand einen Partner sucht. Aber immer schwingt da dieser Unterton mit: Abdul, der Krawallbruder. Das ist ein Makel, der nie weggeht. Und ich habe das Tennis verloren – wenn Sie ein Jahr nicht mehr auf Wettkampfniveau spielen im Alter von fünfzehn, sechzehn, dann ist es so schnell vorbei, den Anschluss finden Sie nie mehr wieder.«

»Das tut mir alles sehr leid«, sagte Lacroix. »Wirklich, es ist eine ganz furchtbare Geschichte.«

»Es ist der größte Verrat meines Lebens. Und er hat über mein Leben entschieden. Weil Yannick mich verraten hat.«

»Und deswegen haben Sie sich jetzt an ihm gerächt. Warum eigentlich erst jetzt? Und warum so?«

Abdul Slimane blieb abrupt stehen und sah Lacroix prüfend an.

»Ich werde Ihnen dazu nichts sagen, Commissaire. Ich bin sehr wütend auf Yannick. Wegen damals, aber auch, weil er immer noch nicht die Wahrheit sagt.«

»Und deshalb … verhindern Sie seinen Sieg bei Roland-Garros?«

Der junge Mann schüttelte den Kopf. »Ich werde gar nichts zugeben, Commissaire. Die Arbeit müssen Sie schon allein machen.«

»Es hat nicht gereicht, den Talisman zu stehlen, hm?«

Nun verengten sich die Augen des Mannes zu schmalen Schlitzen.

»Was?«

»Nach dieser heiteren Idee, die allein ja nicht so schlimm wäre, muss dann noch Gewalt kommen? Ist das Ihre Art, auf sich aufmerksam zu machen?«

Slimane stützte die Hände in die Hüften. »Ich verstehe nicht. Was denn für eine Gewalt? Wo ist Yannick?«

»Er hat mir alles erzählt, gestern Nacht, das habe ich Ihnen ja gesagt. Da habe ich ihn im American Hospital besucht.«

»Was? Im Krankenhaus? Aber ... geht es ihm nicht gut?«

Lacroix räusperte sich und sagte leise: »Ich habe viele Lügner gesehen, Monsieur Slimane, aber Sie ... Sie hatten keine Ahnung, oder? Dass Yannick niedergeschlagen wurde? Gestern Abend, in der Umkleidekabine?«

»Sie ...« Der junge Mann fasste Lacroix an die Brust, ein Tippen nur, als wollte er sich vergewissern, dass der Commissaire echt war. »Sie meinen das ernst, oder? Yannick wurde wirklich ... Wie geht es ihm?«

»Er hat es überstanden. Ich hoffe, er kann heute Abend spielen.«

»Verdammt, das ist ... Ich muss los, Commissaire.«

»Aber ...« Lacroix rief noch hinter ihm her, aber der junge Mann war schon fortgerannt. Die Idee kam dem Commissaire wie eine Eingebung. Mit schnellen Schritten ging er ins Fitnessstudio zurück. Die junge Frau sah ihn erwartungsvoll an. »Wo ist Abdul?«

»Er wird sicher bald seine Sachen holen. Aber ... Mademoiselle, darf ich einmal kurz Ihr Telefon benutzen?«

»Sie sind doch Polizist, haben Sie etwa kein Handy?«

»Darf ich?«

Sie lächelte, dann schob sie ihm ihr schnurloses Festnetztelefon herüber. Damit konnte Lacroix sogar umgehen. Er wählte die Nummer seines Büros.

»Hôtel de Police, Capitaine Rio?«

»Ich bin es.«

»Oh, Commissaire, wo sind Sie?«

»Erkläre ich Ihnen gleich. Können Sie einmal aus meinem Büro die Mitgliederliste holen? Sie liegt auf meinem …«

Doch da hörte er schon, wie sie den Stuhl zurückschob und ihre Schritte sich entfernten, gleich darauf aber wieder näher kamen. »Hier ist sie, Commissaire.«

»Können Sie mir sagen, welcher Name unter dem von Abdul Slimane steht?«

Sie suchte die Seite, er hörte das Blättern, dann sagte sie nach ein paar Sekunden:

»Ein weiterer Monsieur Slimane, selbe Adresse, dem Geburtsdatum nach sein Vater. Ibrahim.«

»Danke, Capitaine, ich bin bald wieder im Büro.«

»Bis nachher, Commissaire.«

»Merci, Mademoiselle, und einen schönen Tag.«

Lacroix trat hinaus. Dunkle Wolken waren aufgezogen. Hoffentlich würde es nachher beim Finale nicht regnen.

17

Als die Tür geöffnet wurde, stand da neben Madame Slimane, der kleinen Frau, die betrübt dreinsah, ihr Sohn und ließ die Schultern hängen.

»Kommen Sie, Commissaire«, sagte er leise. »Sie hatten recht. Aber ich … ich war es nicht.«

»Ich weiß, Monsieur Slimane.«

Er folgte dem jungen Mann, doch vor einer Tür hielt Abdul inne.

»Ich habe schon mit ihm gesprochen, aber … ich kann jetzt nicht mehr.«

»Du hast ihn angeschrien«, fauchte Madame Slimane, »dabei hat er das doch nur für dich getan.«

»Für mich? Was sollte mir das denn bringen, dass Yannick … der hätte tot sein können.«

»Bitte«, sagte Lacroix, »bitte beruhigen Sie sich. Ich gehe nun hinein und rede mit Ihrem Vater, einverstanden? Und Sie warten hier draußen.«

Er wartete auf Widerworte, aber es kamen keine, also trat er in den Raum, der wohl das Wohnzimmer war. Es war ein kleiner Raum, die zwei Fenster gingen hinaus auf grüne Bäume, und Ibrahim Slimane saß da in einem hässlichen braunen Sessel und hatte den Kopf in den Händen vergraben. Auf dem Tisch stand eine Kanne mit Minztee, sein Duft hatte sich im Raum verbreitet. An der Wand hingen Medaillen, und auf dem Regalbord einige Pokale mit Tennisemblem, sie waren der einzige Schmuck im Zimmer. Lacroix setzte sich auf die Couch.

»Monsieur Slimane«, sagte er nach einer kleinen Weile, »war das denn wirklich nötig?«

Erst nach einer schier endlosen Zeit, es mussten Minuten gewesen sein, hob der Mann mit den grauen Locken den Kopf und sah Lacroix aus blutunterlaufenen Augen an.

»Ich hätte es viel früher tun sollen«, sagte er, »aber der Scheißkerl hat ja nie in Paris gespielt – weil er viel zu viel Schiss hatte.«

»Angst vor Ihnen?«

»Nein, Angst davor, dass er seinem Verrat ins Auge blicken muss. Das glaube ich. Aber irgendwann kam die Gier. Jeder will ein Grand Slam gewinnen. Und er will das auch. Ich wusste, dass ich nur warten musste. Diesmal war es so weit.«

»Sie sind wie diese Mütter, die Ihre Töchter beim Eiskunstlaufen quälen, weil sie es selber nicht geschafft haben, oder? Ist das das Gefühl? Dass es nun Ihr Sohn hätte schaffen müssen?« Lacroix' Stimme war kalt geworden. »Und weil er es nicht geschafft hat, ist Ihre Bitterkeit so allumfassend? Und Sie schlagen wirklich diesen Jungen nieder, der damals einen Fehler gemacht hat? Ihr Sohn hat recht: Yannick hätte tot sein können. Ihr Sohn selbst hätte das nie gemacht, wissen Sie? Ja, er wäre gern Tennisspieler geworden – aber nun hat es nicht geklappt. Er hat sich arrangiert – und er hat Yannick diesen Streich gespielt, mit dem Ball. Das war … nun ja, was war es? Moralisch vertretbar? Ich weiß es nicht. Aber gut möglich. Doch die Bitterkeit und Skrupellosigkeit, den jungen Mann wirklich anzugreifen, die hätte Abdul nie gehabt, Sie aber schon.«

»Er hat alles kaputtgemacht«, brach es aus Ibrahim Slimane heraus. »Abdul hätte ein besseres Leben haben können.«

»Und damit auch Sie, ist es nicht so, Monsieur Slimane?«

»Ja …«, er schäumte förmlich, »auch wir. So ist es, Commissaire.«

»Wussten Sie, dass Abdul Yannick seine Tasche gestohlen hatte?«

»Nein, ich hatte keine Ahnung. Bis eben, als er es mir erzählt hat.«

»Deshalb hat Monsieur Duc so schlecht gespielt. Und zwar nicht, weil er seinen Talisman nicht mehr hatte. Sondern weil er schlicht und einfach wusste, wer für den Diebstahl verantwortlich war. Er hatte diesen Glücksbringer nur, weil er ihn immer an Abdul erinnert hat. Es war sein Schuldeingeständnis vor sich selbst. Wissen Sie, wie der Code lautete, den er an seinem Schloss eingestellt hatte? 2902, der Geburtstag Ihres Sohnes.«

Lacroix sah, wie der Vater schluckte.

»Es tat ihm leid, ich bin mir sehr sicher«, fuhr der Commissaire fort. »Und er hätte irgendwann die Kraft gefunden, sich zu entschuldigen und vielleicht auch die Wahrheit zu sagen. Wissen Sie, so ist das mit Lügen, je länger sie bestehen, desto größer werden Sie, aber desto leichter lassen sie sich auch weiterführen.« Er atmete tief durch. Er hätte gerne eine Tasse Tee getrunken, aber genauso gerne wollte er auch die Wohnung wieder verlassen. »Sagen Sie mir, wie Sie es gemacht haben?«

»Ich bin immer noch ehrenamtlich im Verein tätig, auch, wenn ich nicht mehr spiele. Aber ich habe natürlich noch alle Schlüssel. Ich wusste, dass in der Trainingszeit fürs Finale keine Laienspieler in der Umkleide zugelassen sind. Also habe ich den Schlüssel für den Hintereingang mitgenommen und habe mich in die Kabine geschlichen, als Yannick noch trainiert hat. Er ist dann nach dem Training in die Kabine gekommen, hat noch einige Worte mit seinem Vater gewechselt, und dann ist der rausgegangen. Ich habe hinter einem Schrank gewartet und …«

»Womit haben Sie zugeschlagen?«

»Mit einem metallenen Mülleimer, der da rumstand. Ich … ich hatte das nicht vorbereitet. Es war … Ich wollte nur mit ihm reden, ihn zwingen, die Wahrheit zu sagen. Aber dann habe ich ihn da stehen sehen in seinen Markenklamotten mit den Sponsoren auf der Brust, die sein Leben bezahlen – und unseres nicht –, und dann habe ich den Mülleimer genommen und ihm den mit voller Wucht auf den Kopf gedonnert.«

»Wir sind hier fertig, Monsieur Slimane. Ich nehme nicht an, dass Sie versuchen werden abzuhauen. Meine Kollegen werden später kommen und Ihre Aussage aufnehmen. Dann wird ein Staatsanwalt entscheiden, wie es weitergeht. Wenn Monsieur Duc Anzeige erstattet, versteht sich …« Lacroix schüttelte den Kopf, dann stand er auf. »Warum sind Sie so viel wütender als Ihr Sohn, der doch allen Grund dazu hätte?«

Er ging in Richtung Tür und verließ das Zimmer, ohne sich noch einmal umzusehen. Als er draußen stand, kam Abdul aus der Küche.

»Kommen Sie, Commissaire, fahren wir gemeinsam nach Roland-Garros.«

Lacroix nickte. »Ich verstehe. Das ist eine gute Entscheidung, Monsieur.«

Als sie eine halbe Stunde später aus dem Taxi stiegen, ließ sie der Sicherheitsmann nach einem Blick auf Lacroix' Ausweis durch. Ungehindert gingen sie bis in die Kabine, die wieder leer war, jetzt so kurz vor dem Finale. Abdul Slimane ging direkt auf seinen Spind zu.

»Sie wussten, dass Yannicks Code Ihr Geburtstag ist?«

»Er hat ihn nicht geändert«, sagte Abdul nickend. »Ich … ich hätte es als Entschuldigung begreifen sollen. Als Beweis, dass er an mich denkt, oder?«

»Ihre Wut ist größer. Und ich verstehe das, Monsieur Slimane. Aber wie lautet Ihr Code?«

»1-4-1-0«, sagte Abdul und drehte gleichzeitig die Nummern.

»Der Tag des Turniers, an dem Sie nicht mehr teilnehmen durften.«

»Dieser Tag gleicht einmal im Jahr meiner eigenen Beerdigung.«

»Ihr größter Traum …« Lacroix ließ die Worte in der Luft hängen, als Slimane die Tür öffnete. Dann bückte er sich und holte die Tasche heraus.

»Sie war wirklich die ganze Zeit in dieser Kabine«, murmelte der Commissaire. Abdul zog den Reißverschluss auf und holte den Ball heraus, den kleinen gelben Filzball, der über Wohl und Wehe entscheiden konnte. In diesem Moment hörten sie ein Knarzen, dann öffnete sich eine Tür, und Yannick Duc trat ein, den Kopf noch mit einem großen Pflaster versehen. Er sah die beiden und blieb stehen, den Mund offen vor Erstaunen. Lacroix legte Abdul die Hand auf die Schulter und sagte leise: »Monsieur Duc, kommen Sie.«

Der Tennisstar trat auf die beiden zu und sah seinen ehemals besten Freund vorsichtig an.

»Du kannst wieder spielen?«, fragte Abdul Slimane. »Wie geht's dir? Du musst wissen, ich war das nicht.«

Yannick nickte. »Auch wenn ich es verdient hätte, dass du es warst. Weißt du … es tut mir alles so leid …«

Lacroix nahm die Tasche vom Boden und stellte sie auf die Bank.

»Monsieur Slimane hat Sie nicht niedergeschlagen, Monsieur Duc. Aber er hat Ihre Tasche in seinem Spind gehabt. Wissen Sie, ich glaube, Sie haben viel zu besprechen. Ich lasse Sie jetzt allein. Alles andere hat Zeit bis morgen. Und nun wünsche ich Ihnen viel Erfolg fürs Finale.«

Er klopfte Abdul auf die Schulter, danach Yannick, dann ging er in Richtung Tür und holte noch im Gang seine Pfeife heraus. Draußen umfing ihn die Sonne, und ein leichtes Lächeln legte sich auf seine Lippen. Nun war wirklich Sommer.

18

Mademoiselle, können Sie herkommen?«

»Geben Sie mir zehn Minuten«, sagte sie. Die Redaktion des *Parisien* befand sich im fünfzehnten Arrondissement, unweit der Brücke, die Lacroix erst vorgestern mit dem Bus überquert hatte, genau an der berühmten Metrolinie 6, die überirdisch den Eiffelturm passierte. Es war absolute Stadtlage, dennoch schaffte es Romy Schneider wahnsinnig schnell.

Lacroix beobachtete sie, wie sie von einem dieser schrecklichen Elektroroller sprang, den Fahrradhelm abnahm und sich durch die Haare fuhr, dann erst trat sie ins Bistro.

Lacroix wandte sich an der Bar stehend um und sah sie an. Ihr Blick war fragend, als sie sich ihm näherte.

»Und, Commissaire? Nun sagen Sie schon.«

»Ich bin kein Mann, der Sie jetzt lange warten lässt, um Sie zu strafen, wenn Sie das meinen. Aber ich sage auch: Es war nicht ganz leicht, und ich musste meine Finger weit in die Unterwelt ausstrecken. Der Satz ›Sie stehen in meiner Schuld‹ ist durchaus pathetisch, aber ich finde, Sie …«

»Commissaire, ich stehe in Ihrer Schuld. Und ich verspreche Ihnen: Was in den letzten Tagen geschrieben wurde, wird sich so nicht wiederholen.«

»Ich will eine Gegendarstellung«, sagte er.

»Sie kriegen etwas viel Besseres«, erwiderte sie. »Der Text liegt schon in meiner Schublade, ich habe ihn noch gestern fertiggeschrieben. Aber so sagen Sie doch: Haben Sie mein Handy gefunden?«

Er griff in die Innentasche seines beigefarbenen Mantels, während sie ihn förmlich auffraß mit ihren Blicken. Ihre Hände zuckten. Und dann holte er das kleine goldene Gerät hervor und hielt es ihr hin. Erst lächelte sie, dann nahm sie es an sich und lachte lauthals.

»Wahnsinn«, sagte sie laut, und dann flüsterte sie fast: »Ich hätte das nie gedacht, ich habe es schon verloren gegeben und die Mietanzeigen aus Nancy studiert. Sagen Sie schon, wie sind Sie da rangekommen? War es schwer? Gefährlich? Haben Sie jemanden verhaftet?«

»Mademoiselle Schneider, Sie haben es wieder. Das ist doch die Hauptsache. Ich habe keine Ahnung von diesen Geräten und wollte meine Kollegen nicht einweihen, deshalb sollten Sie bitte prüfen, ob alle Nummern noch drauf sind.«

Romy Schneider nahm es in die Hand, hielt es sich vor das Gesicht und fuhr dann mit dem Finger über den Bildschirm. Nach wenigen Sekunden nickte sie. »Alles da. Und … es wurde kein Anruf getätigt. Stellen Sie sich vor, der Dieb hätte mal eben von meiner Nummer aus den Präsidenten angerufen.«

»Ich kann Ihnen versichern, dass derjenige, der es hatte, auch keine Nummern kopiert hat. Wir haben seine Aussage. Aber nun fragen Sie nicht weiter nach. Genießen Sie, dass alles keine Konsequenzen hatte. Und dann soll es gut sein.«

»Darf ich Sie auf ein Glas einladen, Commissaire? Als Dankeschön?«

»Nun«, sagte er leise, »ich denke, das wäre dann doch zu viel des Guten. Lassen Sie uns die Friedenspfeife später rauchen. Noch bin ich sauer auf Sie. Ein andermal, Mademoiselle. Jetzt bin ich mit meiner Frau verabredet.«

»Eine der bekannten Essensverabredungen? Haben Sie etwa einen Fall gelöst?«

»Aber ja, Mademoiselle«, sagte Lacroix lächelnd. »Ihren.«

Epilog

Wir müssen dringend noch einen Apéro trinken vor dem *dîner*«, sagte Lacroix. »Wir haben Gäste.«

»Ach, wirklich? Aber nicht, dass ich über Politik sprechen muss. Danach steht mir heute überhaupt nicht der Sinn.«

»Nein, das musst du nicht, *chérie*. Und zum Essen sind es nur wir zwei, *d'accord*?«

»Einverstanden. Und sag mal, du willst ganz sicher nicht das Finale sehen? Ich dachte, du wärest bis zum Schluss damit beschäftigt gewesen.«

»Genau, das war ich auch. Aber mein Bedarf an Tennis und Dramen ist erst mal gedeckt. Wir werden am Ergebnis ja ohnehin nicht vorbeikommen.«

Lacroix hielt Dominique die Tür zu der kleinen Weinbar auf, die in der Rue Saint-Dominique lag, ein paar Häuser neben dem Restaurant, in das sie nach gelösten Fällen immer gingen. Pierre-Richard hatte den Chai für den Apéro vorgeschlagen, aber er wusste auch nicht, worum es ging. Lacroix war das ein wenig zu heiß gewesen, er wollte unbedingt vermeiden, dort gemeinsam gesehen zu werden – zumindest für den Moment.

Als sie eintraten, saßen alle am Tresen, und es gab ein

großes Hallo. Dominique umarmte Capitaine Rio, die sie sehr mochte, dem Korsen gab sie sehr freundlich die Hand, und dann war da noch Pierre-Richard, der ein Stück abseits gesessen hatte. Er umarmte erst seine Schwägerin und dann seinen Bruder.

»Ach, wir gehören alle zusammen?«, fragte er überrascht.

»Ja, wir trinken heute alle zusammen«, erwiderte Lacroix.

»Moment mal, Sie hab ich doch erst gerade neulich gesehen«, sagte der Priester und wies auf den Korsen. »Das war doch ... auf dem Platz vor meiner Kirche?«

Adolphu Paganelli sah erst Rio, dann den Commissaire an und lächelte zaghaft.

Lacroix legte seinem Bruder die Hand auf die Schulter und sagte: »Ja, ich glaube, ich muss dir einiges erklären – und dir auch, Dominique.«

»Was ist denn los?« Seine Frau wirkte einigermaßen erstaunt.

»Aber zuerst bestellen wir. *Excusez-moi?*« Der Kellner kam freundlich lächelnd zu ihnen. »Eine Flasche Champagner. Taittinger, wenn Sie haben.«

»Taittinger ...«, der Mann überlegte, »da haben wir nur den Brut Millésimé von 2015, aber der ist sehr teuer ...«

»Das geht schon in Ordnung, Monsieur. Vielen Dank.«

Der Mann nahm den Champagner aus der Kühlung und öffnete ihn, und als er allen eingeschenkt hatte, stießen sie miteinander an, dass die Gläser klirrten.

»So, und worauf trinken wir nun?«, entfuhr es Dominique.

»Wir trinken auf das Ende der Kampagne gegen deine Kandidatur – und darauf, dass wir wieder unsere Ruhe haben, bis du – so Gott will – gewählt wirst.«

»Wie? Was hast du gemacht? Hast du den *Parisien* verklagt? Oder bestochen? Beides wäre für meine Kampagne jetzt nur halb so gut.« Sie gab ihrer Stimme eine witzige Note, aber ihr Mann bemerkte ihre Anspannung.

»Es tut mir leid, *chérie*, aber ich konnte dir nichts davon sagen, weil ich weiß, dass du es nicht gutgeheißen hättest. Aber ich war es leid, Sorge zu haben und ständig herumzujammern. Du hast mich immer unterstützt, auch wenn das, was ich tue, manchmal gefährlich ist und viel Zeit kostet. Und wenn du jetzt deinem Traum folgst, jammere ich rum, weil das unsere Privatsphäre gefährdet? Nein, das kam mir unfair vor und außerdem sehr kindisch. Also habe ich mir überlegt, wie ich diese Sache beenden könnte. Und du, Pierre-Richard, hast mir dabei sehr geholfen …«

»Ach was, ich? Aber ich habe doch gar nichts gemacht.«

»O doch. Du wusstest nur nichts davon und warst doch der loyalste Bruder, den ich mir wünschen konnte, auch wenn ich wusste, dass du so reagieren würdest.«

»Nun spann uns nicht auf die Folter, *mon frère*, was ist passiert?«

»Vorgestern, nach dem Abendgottesdienst, kam eine junge Frau auf dich zu.«

»Ja, ich saß im Café auf dem Platz, und da kam eine Mademoiselle Schneider vom *Parisien*. Das war die, die oft über deine Fälle geschrieben hat – und zuletzt auch diese schlimmen Artikel. Sie wollte ein Zitat über dich, irgendwas von einem Familienangehörigen, und ich …«

»Du hast sie abblitzen lassen.«

»Na ja«, der Priester lächelte schüchtern.

»Und was ist dann passiert?«

»Ich habe ihr ein Glas Weißwein bestellt, aber schlechteren als meinen, habe bezahlt und bin gegangen. Und da sind Sie mir begegnet, Monsieur.« Er richtete den Finger auf Paganelli. »Ich habe Sie aus dem Augenwinkel gesehen, aber … ich bin mir sicher, ich habe Sie gesehen. Sie hatten einen Trainingsanzug an, schrecklich war das …«

»Darf ich vorstellen? Das ist meine Kollegin, Capitaine Jade Rio, und das ist mein Kollege, Commandant Adolphu Paganelli.«

»Aber wieso sollten Sie im Trainingsanzug …«

»Adolphu kennt sich bestens aus in der Unterwelt, und er hat die letzte Serie von Handydiebstählen nahe Bastille quasi im Alleingang aufgeklärt. Er hat die Masche der Diebe also studiert. Und nun habe ich ihn losgeschickt, mal die Seite zu wechseln …«

»Es war echt viel einfacher, als ich dachte. Ich glaubte, jeder würde die Masche schon kennen. Aber … nicht mal diese Journalistin. Ich habe meine Zettel ausgelegt: *Bitte ein Euro für Essen, danke,* und bin dann von Tisch zu Tisch gelaufen. Ich musste mich beeilen, der Kellner hatte mich im Visier. Bei der Journalistin habe ich den

Zettel genau auf ihr Handy gelegt. Und dann den Zettel *und* das Handy genommen. Das habe ich dann sofort auf Ihren Schreibtisch gelegt, Commissaire.«

»Und dafür bin ich Ihnen so dankbar, Sie können es sich nicht vorstellen.«

»Du hast das Handy der Journalistin geklaut?«

»Wir drei haben das zusammen ausgeheckt. Eigentlich hatten Jade Rio und ich gleichzeitig die Idee. Wir wussten, dass Romy Schneider in Paris bestens vernetzt ist. Und wo sind die jungen Leute am angreifbarsten? Bei ihren Mobiltelefonen. Dass sie aber wirklich die Nummer des Präsidenten darauf hatte, das haben nicht einmal wir geahnt. Besser konnte es also nicht laufen.«

»Und dann?« Pierre-Richard staunte.

»Passierte, was passieren musste. Sie findet mich schrecklich altmodisch, aber …«

Lacroix wollte nicht weitersprechen, das übernahm Jade Rio: »… aber sie weiß, dass der Commissaire der Einzige in Paris ist, der eine Stecknadel im Heuhaufen finden kann. Also bat sie ihn um Hilfe – und versprach, die Kampagne gegen Sie beide zu beenden, wenn er das Handy wiederfindet.«

»Aber … woher wusstest du, dass sie ausgerechnet Pierre anspricht?«

»Ich habe sie selber darauf gebracht. Am Morgen nach dem schlimmsten Artikel habe ich sie angerufen und angeschrien, sie solle ihre Kampagne beenden. Was sie denn noch vorhabe – meinen Bruder aufzusuchen? Ich habe sie auf eine Idee für eine Fortsetzung gebracht, und die Gelegenheit konnte sie sich nicht entgehen lassen.«

»Mon commissaire«, Dominique schüttelte den Kopf, »Du bist ein verrückterer Hund, als ich es mir hätte ausmalen können, und … und ein Gauner.«

»Aber wer sagt denn, dass sie sich an ihr Versprechen hält? Jetzt, wo sie das Handy zurückhat?«

»Niemand sagt das«, antwortete Lacroix, »aber ich glaube an das Gute im Menschen, sogar bei Journalisten.«

»Und wenn sie sich nicht dran hält, verhaften wir sie einfach«, fügte Jade Rio trocken hinzu.

»Na dann«, Pierre-Richard hob sein Glas, und alle taten es ihm nach, »auf diesen Schweigebund der drei Musketiere von der Polizei – und nächstes Mal weiht Ihr mich bitte ein.«

»Ich danke dir, *mon cher*«, flüsterte Dominique und küsste ihren Mann auf die Wange.

Als sie wenig später Hand in Hand die Rue Saint-Dominique hinuntergingen, sagte sie leise:

»Ich finde das so verrückt, dass du das gemacht hast. Für eine Kandidatur, die dir eigentlich gar nicht recht ist.«

»Warum sagst du das? Ich habe dir gesagt, dass ich dich für die beste Bürgermeisterin halte, die dieser Stadt passieren kann. Und ich meine es so … Aber … kann es sein, dass du es gar nicht willst?«

Zunächst antwortete sie nicht, und sie gingen schweigend nebeneinanderher. Die alten gelben Laternen tauchten die Straße in ein sanftes Licht.

»Ich weiß nicht.« Sie blieb abrupt stehen. »Es wird alles verändern. Wir werden viel seltener in Giverny sein, dabei liebe ich unser Landhaus so sehr. Und wir werden nicht mehr so viel reisen können. Ich werde noch mehr arbeiten als heute, und … ich will nicht, dass wir uns entfremden.«

»*Chérie*, wir werden uns nicht entfremden. Niemals. Und wenn ich mir den Urlaubsplan des Präsidenten anschaue – wie oft der im Fort de Brégançon rumhängt und die Sonne genießt – da werden uns schon einige Urlaubstage bleiben.«

»Aber es ist doch nicht vorbei, all das mit der Presse. Sie werden jeden meiner Fehler sezieren. Und wenn es schlecht läuft, auch jeden deiner Fehler. Obwohl – du machst ja nie welche.«

»Siehst du …«, sagte er und lächelte.

»Ach, *mon cher* …«, sie nahm ihn in die Arme. »Mit dir hab ich damals echt den großen Fang gemacht.«

Sie sahen schon von Weitem die großen, runden Lampen, die die Tische überspannten, und die Gäste, die auf dem Trottoir an den hölzernen Tischen saßen. Die Terrasse der Fontaine de Mars war voll besetzt. Die rot-weißen Tischdecken waren wie eine Landmarke für Paris, das feine silberne Besteck, die Weinkühler. Und die Kellner in ihren blauen Hemden oder den dunkelblauen Schürzen.

»Bonsoir!«

Der Ruf kam von drinnen: Christiane hatte sie längst entdeckt, sie übersah nie etwas. Die Patronne stürzte heraus und umarmte erst Dominique und dann den Commissaire.

»Ich freue mich so, dass ihr hier seid. Ihr müsst so

viel zu tun haben – und deshalb: Kommt herein und nehmt Platz. Ich hab die Artikel gelesen … Das hier ist euer sicherer Hafen, wenn hier einer reinwill, um euch anzusprechen, hol ich das Fleischermesser von Pierre.«

»Bitte keine Morde *ce soir*«, sagte Lacroix, aber er war ihr auch dankbar. Christiane führte sie zu ihrem Stammplatz, dem Tisch unterm Spiegel, von dem aus man das ganze Restaurant mit seinen Kronleuchtern überblicken konnte. Dominique und er nahmen wie üblich auf der roten Sitzbank Platz, nicht einander gegenüber, dies hier war wie ihr Wohnzimmer, also saßen sie auch nebeneinander.

»Wir sind hungrig«, sagte Lacroix, »und wir hatten schon einen Apéro.«

»Also gleich zur Sache. Das Tagesgericht ist *coq au vin*. Und ich habe extra viel *vin* herangeben lassen.«

Der Commissaire sah Christiane dankbar an, dann sah er zu Dominique, die ebenso glücklich ausschaute wie er.

»Zweimal bitte. Mit *purée*. Und eine Flasche Roten dazu.«

»Pierre wird nur für euch kochen«, entgegnete die Wirtin und verschwand, um keine Minute später mit dem Wein zurückzukommen.

Als sie anstießen, spürte der Commissaire, wie sein Puls sank. Endlich fühlte er sich wie zu Hause.

Doch dann öffnete sich die Tür, und ein Mann mit einem Haufen Zeitungen trat ein.

»*Le Parisien* von morgen«, rief er.

Christiane sprang in Richtung Tür. »Nein, heute

nicht …«, fuhr sie ihn an, doch Lacroix war schon bei ihr.

»Ist schon in Ordnung«, sagte er, »ich hätte gerne eine Zeitung.« Er gab dem jungen Zeitungsverkäufer ein üppiges Trinkgeld, dann nickte er Christiane zu und ging zu Dominique zurück.

»Und?«

Er überflog die Überschrift, dann gab er ihr die Zeitung. Romy Schneider hatte Wort gehalten – und sie hatte sich nicht lumpen lassen. Es war die Titelseite.

EIN DREAMTEAM FÜR PARIS
MADAME LACROIX SORGT FÜR DIE STADT,
COMMISSAIRE LACROIX FÜR UNSERE SICHERHEIT –
LE PARISIEN FINDET: DIESES PAAR HAT ZUKUNFT.

von Romy Schneider

Dominique ließ die Zeitung sinken und sagte leise lächelnd: »Das reicht mir. Willst du es lesen?«

Lacroix schüttelte den Kopf. Also ließ sie die Zeitung unter den Tisch rutschen.

»Das ist gut. Ich will nur meinen *coq au vin* – und eigentlich würde ich gerne mit dir in den Urlaub fahren, *mon cœur.*« Lacroix sah seine Frau prüfend an. »Wirklich? Aber du bist mitten im Wahlkampf.«

»Ach was«, antwortete sie. »Die Leute wünschen sich doch auch eine Pause von der Politik. Die Wahl ist im September. Jetzt wollen die Pariser den Sommer genießen. Und ich will das auch. Lass uns losfahren. Übermorgen – oder hast du vor, einen Mord aufzuklären?«

Er nahm ihre Hand, und in dem Moment trug Christiane die zwei Teller auf. Sie stellte sie schnell ab, und der köstliche Duft von lange geschmortem Hühnchen, von bretonischen Roscoff-Zwiebeln, von Rotwein und Thymian stieg zu ihnen auf. Doch der Commissaire nahm sich noch die Zeit, er drückte die Hand seiner Frau und sagte: »Sehr gern will ich mit dir Ferien machen, sehr gern. Gleich übermorgen.«

»Dann ist das abgemacht. Und nun *bon appétit, mon cher.*«

Wie Verhungernde stürzten sie sich auf ihr *dîner*. Das Fleisch war so zart, dass es von den Knochen abfiel, der Wein war aromatisch und fast süß, die Würze der Sauce wärmte sie und beruhigte sie zugleich.

Lacroix hörte die Stimme nur wie durch einen Schleier, aber er sah auf und merkte, dass auch Dominique sie gehört hatte, denn sie lächelte, wie er es tat. Drei Tische weiter hatte ein Mann sein Handy niedergelegt und gerufen: »Der hat echt gewonnen, dabei hat er vorgestern so mies gespielt. Aber jetzt hat er gewonnen! Duc, er hat die French Open gewonnen, 6:2 und 6:0.«

Paris, April–Juni 2021

Alex Lépic

Alex Lépics Commissaire Lacroix gelang schon mit seinem ersten Fall der Sprung in die Top 50 der *Spiegel*-Bestsellerliste. Eine Frage ließ die Bücherwelt allerdings nicht los: Wer ist dieser Alex Lépic? Der WDR berichtete: »Von Ulrich Wickert bis hin zu Sebastian Fitzek sind zahlreiche Namen gerüchteweise im Umlauf.« Manfred Papst spekulierte in der *NZZ am Sonntag*, ob vielleicht der »unermüdliche Publizist« Rainer Moritz dahinterstecke – oder gar Verleger Daniel Kampa selbst. Alles falsch. Den wunderbar altmodischen Commissaire Lacroix haben wir Alexander Oetker zu verdanken, der mit seiner erfolgreichen Aquitaine-Reihe um Commissaire Luc Verlain (Hoffmann und Campe) bereits bewiesen hat, dass er ein großer Frankreichkenner ist. Oetker, geboren 1982, ist der Frankreich-Experte von RTL und *n-tv*. Er lebte viele Jahre in Paris und berichtet bis heute über die Grande Nation. Oetker weiß, wie die Pariser ticken, er kennt die kleinsten Cafés und besten Restaurants. Heute pendelt er mit seiner Frau und den beiden Söhnen zwischen Südwestfrankreich und Brandenburg, aber Paris ist für ihn immer noch mindestens die dritte Heimat.

ALEX LÉPIC
IM KAMPA VERLAG

Lacroix und die Toten vom Pont Neuf

Lacroix und der Bäcker von Saint-Germain

Lacroix und die stille Nacht von Montmartre

Lacroix und das Sommerhaus in Giverny

Lacroix und der blinde Buchhändler von Notre-Dame

Lacroix und der traurige Champion von Roland-Garros

Weitere Bände in Vorbereitung.

»Hochspannung mit französischem Flair.«
Ulli Wagner / Saarländischer Rundfunk

1 Kommissariat des fünften Arrondissements
4 Rue de la Montagne Sainte-Geneviève

2 Chai de l'Abbaye, Lacroix' Stammbistro
Rue de Buci

3 Wohnung der Lacroix'
Rue Cler

4 Basilique Sainte-Clotilde
23B Rue las Cases

5 Quai des Orfèvres, die legendäre Adresse der Pariser Kriminalpolizei
36 Quai des Orfèvres

6 Rathaus des siebten Arrondissement, Wirkungsstätte von Dominique Lacroix
116 Rue de Grenelle

7 Fontaine de Mars, Lieblingsrestaurant der Lacroix'
129 Rue Saint-Dominique

Alex Lépic

Alex Lépics Commissaire Lacroix gelang schon mit seinem ersten Fall der Sprung in die Top 50 der *Spiegel*-Bestsellerliste. Eine Frage ließ die Bücherwelt allerdings nicht los: Wer ist dieser Alex Lépic? Der WDR berichtete: »Von Ulrich Wickert bis hin zu Sebastian Fitzek sind zahlreiche Namen gerüchteweise im Umlauf.« Manfred Papst spekulierte in der *NZZ am Sonntag*, ob vielleicht der »unermüdliche Publizist« Rainer Moritz dahinterstecke – oder gar Verleger Daniel Kampa selbst. Alles falsch. Den wunderbar altmodischen Commissaire Lacroix haben wir Alexander Oetker zu verdanken, der mit seiner erfolgreichen Aquitaine-Reihe um Commissaire Luc Verlain (Hoffmann und Campe) bereits bewiesen hat, dass er ein großer Frankreichkenner ist. Oetker, geboren 1982, ist der Frankreich-Experte von RTL und *n-tv*. Er lebte viele Jahre in Paris und berichtet bis heute über die Grande Nation. Oetker weiß, wie die Pariser ticken, er kennt die kleinsten Cafés und besten Restaurants. Heute pendelt er mit seiner Frau und den beiden Söhnen zwischen Südwestfrankreich und Brandenburg, aber Paris ist für ihn immer noch mindestens die dritte Heimat.